禁煙小説

垣谷美雨

双葉文庫

目次

禁煙小説

第一章　どうせやめられない

1

昼下がりの電車は空いていた。

天気予報では寒さがゆるむと言っていたのに底冷えがする。車窓から見える空は相変わらず鉛色だ。

かじかんだ手を擦《こす》り合わせていた岩崎早和子《いわさきさわこ》は、ふと思いついてバッグから小さなノートを取り出した。密かに〈禁煙ノート〉と名づけているものだ。

ゆうべ走り書きしたページを開く。

〈禁煙する理由と目的〉

一、きれいな声に戻る。

二、タバコが理由でリストラされたらシャレにならない。

三、吸わないでいられる便利な身体、便利な生活を目指す。

四、年に二〇万円は浮く。

眼で追ってみるが、士気は昂揚しなかった。

闘う前から敗北を認める癖がついてしまっている。

無理もない。禁煙にチャレンジし続けて、既に二十年も経つのだから。

それでも気を取り直し、車窓を流れる家々を眺めながら考えた。禁煙をスタートさせる日をいつにすべきかを。

慎重に決めなければならない。だって今度こそ本気で取り組みたいから。

いや……違う。

今までだって本気だった。

いつだって悲壮な決意だった……。

タバコを吸わないではいられない身体は本当に不便だ。ここのところ急速にどこもかしこも禁煙となり、日常生活に支障をきたすまでになっている。

それだけじゃない。四十歳を過ぎたあたりから体調が悪い。吸い過ぎてしまった日は、夜になると後頭部にズキンズキンと鈍痛が走る。もしや血管が詰まり始めているのではないかと考えると恐くなる。血圧も低い方だし貧血気味なのだから、そんなのは錯覚に違いないと自分に言い聞かせる。それでも不安を払拭できないときは、気分を落ち着かせるために……そう、やっぱりタバコを吸うしかない。そんな愚かさに、最近は苦笑する気持ちの余裕もなくなった。

駅の改札を出ると、急に空腹を感じた。腕時計を見ると午後二時前だった。もう何年もの間、朝食はタバコとコーヒーだけである。タバコのせいなのか、朝は吐き気がして、どうしても食事をすることができない。朝食抜きで出社するために、昼はドカ喰いしてしまう傾向がある。

今日は朝から郊外にある研修センターへ直行した。早和子の勤める中堅の機械部品メーカーでは、就職内定者を招いての懇親会が来月中旬に開かれる。そのときに出す豪華弁当の打ち合わせを終えたのが昼過ぎだ。

担当者と別れたあと、昼食をとるためにカフェに入ったのに、コーヒーを飲んだだけで何も食べることができなかった。というのも、空腹感よりもニコチンに対する飢餓感の方が何倍も強くて、席に着いた途端、タバコを立て続けに何本か吸ってしまったからだ。そうするうち、食欲がなくなってしまった。

会社へ戻る前に、今度こそちゃんと食べよう。

改札を出てすぐのところにあるイタリアンレストランに入った。手作りの生パスタを売りにしている店で、ランチタイムに何度か同僚と来たことがある。

昼どきを過ぎているせいか、店内は空いていた。二組の若いカップルが見える。彼らのいる窓際は、道路に面しているから、行き交う人々から丸見えだ。ああいう席では落ち着けない。食事が終わったあとは、人目につかない席でゆっくりとタバコを味わいたいのだ。

「禁煙席と喫煙席と、どちらになさいますか」

若い男性店員の声が、必要以上に大きいような気がした。

「喫煙席で」

小さく答えると、店員は軽蔑したような目でこちらを見た。

いや違う。考えすぎだ。

喫煙者であるということで、日に日に世間に対する罪悪感と劣等感が増していて、被害妄想気味なのだ。

案内された奥の方は、ひとりの客もいなかった。壁に沿ってソファが一列に並べてあり、その向かいには等間隔でテーブルと椅子が置かれている。

「こちらへどうぞ」

店員が指し示した席は、奥の一角だった。

最近問題になっている〈名ばかり分煙〉というものだ。背の低い仕切り壁は、天井との間に広い空間を作っているし、喫煙席への出入口には扉さえない。タバコの煙が容易に流れ出すのは誰が見たってわかる。

分煙に消極的なこういった店のほとんどが、夜間のバータイムを稼ぎどきとしている。このレストランにしても、ランチタイムを外すと空いているけれど、残業した帰りに店の前を通ると、たくさんの客で賑わっている。

タバコとコーヒー、タバコとお酒。この相性は抜群だ。カフェや飲み屋に来る客の多くがタバコを吸う。だから、タバコを吸う客を差別するような雰囲気を作ったら、商売にならないのだろう。

「ご注文はお決まりですか?」

ひどく空腹だったので、ゴルゴンゾーラと生ハムの入った、ボリューム満点のパスタを注文した。ランチタイムにぎりぎり間に合ったらしく、セットで飲み物がつくというので、ホットコーヒーも頼んだ。

タバコが吸いたかったが、今吸ってしまうと、また食欲がなくなってしまう。我慢、我慢。今度こそちゃんと食べた方がいい。

壁にもたれてぼんやりと店の装飾品を眺めた。地中海の夏の太陽の匂いがするような、極彩色の絵皿が天井近くの棚に並べられている。

小さな女の子を連れた若い母親が入って来たのは、早和子がちょうど食べ終わったときだった。

なんでこっち側に来るの？

こっちは喫煙席だよ。

間違えてるよ。

その母娘は、ひとつ席を空けた隣に座ったのだ。早和子と同じ壁際には、五、六歳の女の子がちょこんと座り、足をぶらぶらさせている。その向かいには三十代半ばくらいの母親が姿勢よく座っている。

「ママ、ここのキリンの首も長いね」

喫煙席側から見る仕切り壁には動物の絵が描かれていた。

「そうね。長いわね」

きっと動物の絵が見たくて、ここの席を選んだに違いない。

店員が早和子にコーヒーを運んできて、空いた皿を下げていった。

食後のコーヒーに、タバコは必需品である。

いや、もっと正確に言うとこうだ。

――食後に必ずタバコを吸わなくてはならない身体になってしまった人間にとって、コーヒーがあった方が、よりタバコを楽しめる。

早和子はコーヒーを啜りながら、斜め向かいに座っている母親をそれとなく観察した。きちんとスーツを着ていて、若いのに品がある。娘は白地に黄色い花模様のツーピースで、レースのついた白い靴下を穿いている。

子供の服装は、家庭を表わすものだ。

こんな小さい子に白いツーピースを着せるということは、どんな汚れでも落とす自信のある、主婦としてのプロ意識を持った洗濯上手の女性か、子供の洋服まで一回着るごとにクリーニングに出す、つまりは経済的に豊かな家庭である。

思わず大きな溜息がこぼれた。

この母娘の隣では絶対にタバコなど吸えない。

いくら喫煙席だといっても、ここでタバコを吸う勇気なんてない。この母親は、他人の吐き出す紫煙をほんの少し吸っただけで、これ見よがしに顔をしかめるタイプに決まっている。

——見知らぬあなたのせいで、なぜ私が癌にならなければいけないわけ?

そして、憎しみの混じった目でにらみつけ、目が合った途端にすっと逸らすのだ。

早和子は、タバコを出そうとしてバッグに突っ込んでいた手を、仕方なく膝の上に戻した。

ああ、タバコが吸いたい。

吸いたくて吸いたくて、頭がおかしくなりそうだ。

吸えないと思った途端に、猛烈に吸いたくなる。

だいたい、子供と出かけるくらいで、スーツなんか着る必要、ある？

上品ぶってて、なんて感じ悪いんだろう。

ふと気づくと、若い母親が戸惑ったような顔をしてこっちを見ていた。無意識のうちに彼女をにらみつけていたらしい。急いで目を逸らす。

落ち着こう。

どうかしてる。

彼女は別に上品ぶってなんかいない。

この母娘はきっとピアノの発表会の帰りか何かなのだ。

そもそも自分だってスーツを着ている。古いものだけど、この母親が着ているのより上等かもしれない。いや、この際スーツの値段なんかどうだっていい。とにかくタバコが吸いたいのだ。吸いたくてたまらないのだ。喫煙は食後の楽しみなのだから。

ちょっと待て。

食後の楽しみ？

それは違う。厳密に言うと、タバコを吸いたいわけじゃない。吸わないではいられないだけなのだ。平常心を保つためには吸わなければならないのだ。それは、いわば義務であって、断じて楽しみなんかじゃない。

腹立ちまぎれにコーヒーを一気に飲み干していた。その様子を、女の子が興味深そうに見ている。目が合うと、人懐っこい笑顔を向けてきたが、笑い返す気持ちの余裕がなかった。思わず強い視線で見返してしまう。次の瞬間、女の子から笑顔が消えた。それにもかまわず、伝票を持って立ち上がった。

本当にいやになる。

タバコが吸えないのなら、何しに店に入ったかわからない。

こんな店にはもう金輪際来てやらない。

この世で最低の店だ。

つぶれればいいのだ。

店員がレジスターから釣銭を出すのをいらいらして待った。

なにげなく店内を振り返ったそのとき――。

なんと、あの母親が口から煙を吐き出しているではないか。気持ち良さそうに、天井をめがけて口を尖らせている。ということはつまり、あの席でタバコを吸ってもかまわなかったということだ。

あんまりじゃないの。

それならそうと、どうして言ってくれなかったの。

早々に席を立ってしまったことが心底悔やまれた。

でも……彼女に対して腹は立たなかった。だって、あんな上品そうに見えてもタバコを吸うのだもの。それも、小さな子供が眼の前にいるのにタバコを我慢できないなんて……。

まさに同志。

もしかして、彼女はこっちが席を立つまでタバコを我慢していたのでは？

本当は吸いたくていらいらしていたとか？

彼女も警戒していたのだ。

――あなた、小さな子供がいるのによく吸えるわね。

――それって教育上どうなのかしら。

こう思われるのが嫌で吸えなかったのではないだろうか。

そう考えると、いきなり親しみが湧いてきた。

2

店を出ると、コートの襟をかき合わせながら、会社の裏口を目指して歩いた。

駅からだと、表玄関にまわるよりも裏口から入る方が近いので、社員のほとんどがこちらを利用している。路地を通り抜けると、ぱっと視界が開け、広々とした灰色の世界が現われた。駐車場のコンクリートも空も灰色で、寒々とした冬の象徴のような景観だった。どん詰まりにある通用口の前では、早和子に気づいた二人の女性が大きく手を振っている。奥野由利子《おくのゆりこ》と町田久美《まちだくみ》である。その背後には男性も数人いる。

由利子はいつものようにミニのタイトスカートを穿いていた。脚線美が自慢なのはわかるが、なんといってももう三十九歳なのだし、もう少し落ち着いた服装はできないものか。

由利子の隣にいるのは、小柄でイキのいい魚を連想させる二十四歳の久美だ。

いつの間にか、久美のような派遣社員が増え、早和子や由利子のような正社員で一般職の女性は少数派となってしまった。早和子の世代は寿退社が当たり前の風潮だったから、七人いた同期の女性のうち、今も残っているのは、自分と営業部の女性の二人だけである。

「お疲れ様でーす」

久美は、おどけるように深々とお辞儀をしてみせた。

早和子は、挨拶もそこそこにタバコに火を点け、思いきり吸った。ゆっくりと煙を吐き出した途端に、たまりにたまっていたストレスが雲散霧消する。

ようやく至福の一服に辿りつけたのだ。この、なんとも言えない幸福感は、やはりタバコによってしか得ることはできない。

「ああ、生き返った」

そうつぶやくと、由利子と久美が同時に声を出して笑った。思わず早和子も二人を見て微笑む。三人の間には、タバコを吸うという、たったそれだけの共通点で、まるで共犯者になったような連帯感が生まれているのだ。

社屋が全館禁煙になってからというもの、ニコチン依存症の社員たちは惨めな状況に追い込まれていた。タバコを吸いたくなったら、エレベーターで一階に降り、守衛室のある裏口を通り抜けて、この駐車場までわざわざ足を運ばなければならない。喫煙が許されているのは、この場所だけだからである。

三ヶ月前までは、各フロアの窓際の一角にリフレッシュコーナーという名の喫煙所があった。窓はすべて嵌め殺しという近代的なビルの中で、リフレッシュコーナーにだけ、自由に開閉できる窓があり、特等席とも言える場所だった。人工的なエアコンの送風とは違い、窓からそよぐ自然の風は、都会の中では貴重に感じられたものだ。丸いテーブルと椅子も置かれていて、飲み物の自動販売機が壁に沿って何台も並べられていた。

しかし、三ヶ月前に突然、リフレッシュコーナーは禁煙となった。それを境に、その場所は女性社員が昼休みに弁当を食べる場所に変貌を遂げた。

そもそもリフレッシュコーナーというのは、休憩所であって喫煙所ではないということを、全館禁煙になって早和子は初めて知った。それまでは、タバコを吸う者だけがたむろしていたから、喫煙所だと勝手に解釈していたにすぎなかったのだ。タバコを吸わない人間にとっては、休憩所どころか社屋の中で最も近寄りたくない一角であったに違いない。

喫煙所と化していた頃のリフレッシュコーナーでの顔ぶれは、いつも同じだった。そこには、部署も違えば世代も異なる社員が集まっていた。タバコに対して世間の風当たりが強くなるのに比例して、仲間意識も強くなっていった。そして、普段はほとんど接点のない他部署の社員とも情報交換ができる貴重な社交場という一面も併せ持っていた。

世間の例に漏れず、この会社でも中高年男性の喫煙率は高かった。だから、若い社員たちにとって、普段滅多に口を利くチャンスのない役職者に、顔を覚えてもらう絶好の場所でもあったのだ。

つまり、タバコを吸う人間の方が会社の情報を得やすく、仕事をする上で有利になるという一面もあり、ほんの少し特権を与えられた集団だったのだ。出世とは縁のない早和子のような一般職の女性にとっても、社内の噂がいち早く耳に入る楽しい場所だった。

しかし、全館禁煙になるとともに、喫煙者の黄金時代は終わった。

駐車場の片隅で、灯油缶を取り囲む者は負け組だった。

タバコをやめることすらできない意志薄弱な人間だった。

会社中の笑いものだった。

世間から軽蔑されて当然の者たちだった。

仕事ができないと評判の社員であっても、どんなに性格のねじくれた社員であっても、タバコをやめたと聞いただけで、早和子は尊敬の念を禁じえなかった。そして……敗北感に包まれた。

駐車場の片隅とリフレッシュコーナーとでは雲泥の差がある。灯油缶の前では、かつてのように世間話をする人間はいない。タバコを立て続けに深く吸い込んだあとは、投げ捨てて立ち去る。それは一服の楽しみといったものからはほど遠く、義務化された一連の作業のようだった。

忙しなくタバコを吸っている男性たちの丸まった背中は、ヘビースモーカーの早和子から見ても、みっともなかった。往年の映画スターの〈タバコを吸う男の背中〉とはまったく趣が異なる。もちろんそれが自分自身を映し出す鏡であることは重々承知している。それどころか、中年女性の背中ともなれば、男性のそれよりも一層惨めったらしいこともわかっている。駐車場の片隅で必死になってタバコを吸う中年女性の丸まった背中は、無教養で下品で貧乏臭いニコチン中毒患者そのものであって、洒落たバーのカウンターで長い足を組んでタバコを吸う若い女性のそれとは雲泥の差と言う以前に異質のものだ。

一本目を根元まで吸ったあと、すぐに二本目に火を点けた。駅前のレストランでタバコを吸えなかった経緯を、由利子と久美に話すのは次の機会にしよう。今は精神的にも時間的にも余裕がない。ニコチン飢餓状態のうえに寒くてたまらないし、早く席に戻って仕事を片っ端からやっつけなければならない。

灰色の雲間から冷たい雨が落ちてきた。見渡す限り屋根がない。コンクリートにぽつんぽつんと雨の黒いしみが増えていくのを眺めていると、向こうから人影が現われた。

黒いコートをマントのように翻しながら歩いてくる。コートの下からは細身のパンツスーツがのぞき、キャリアウーマン然としたビジネスバッグが、ストレートのロングヘアに似合っている。御堂瞳《みどうひとみ》はちらっとこちらを見たが、会釈するでもなく通用口へ消えていった。

「いつ見ても感じ悪いですね。つんとしちゃって」

久美が憎々しげに言う。

「彼女は偉いから仕方がないよ」

由利子の皮肉が通じなかったのか、久美は「今の私の発言、忘れてください。派遣社員の分際で社員さんの悪口を言うなんて非常識でした」と言いながら、由利子と早和子をちらっと見た。

「御堂さんは、英語もドイツ語もペラペラの帰国子女だし、だいたいからして帝都大の法学部を出ていらっしゃるもんね」

由利子が完敗だと言わんばかりの物言いをする。

「本当にすごいね、御堂さんて」

思わず早和子も同調していた。御堂の何がすごいといって、全館禁煙となったその日からタバコをすぱっとやめたことだ。その前日までは、リフレッシュコーナーに頻繁に通っていた人間が、である。そんな立派な御堂の目に、ここはどういった光景に映るのだろう。氷雨の中、灯油缶を囲んで絶え間なく煙を口から吐き出す愚か者たち……。

ぼんやりと御堂の心を推し量る。

「最近は駅でも吸えませんからね」と久美。

「駅前のコンビニの前なら灰皿は置いてあるけど、ああいうところは目立つよね」

そう言うと、久美が大きくうなずく。「女性の場合は特に、ですよね」

「そうかな。私は平気だけど」由利子がきっぱり言う。

「そりゃあ由利さんはタバコが似合いますもん」

久美が言うと、由利子は顔を顰《しか》めた。それを見た久美が慌ててつけ加える。「だって、由利さんは私みたいなチビじゃないですもん。背が高くてすらっとしてるからタバコが似合いますよ」

「スタイルの良さとタバコなんて、全然関係ないじゃん」

言葉とは裏腹に、満更でもなかったとみえて、由利子の頬は緩んだ。

「それにしても……どんどん仲間が減っていくよね」

言いながら、広い駐車場を見渡してみた。

喫煙者が減ったのは明白だった。

全館禁煙となった当初は、ここはいつ来ても、たくさんの社員がタバコを吸っていた。灯油缶ひとつでは足りず、マイ灰皿が流行っていたほどだ。

女性にしても、八人はいたはずなのに、今ではここにいる三人だけになってしまった。つまり、御堂以外にも四人の女性が禁煙に成功したということなのだ。

それなのに、なぜ自分はやめられないのだろう。

もしかして、彼女らが若いからでは？　喫煙歴の浅い人間の方が、やめやすいに決まっている。それに、自分や由利子は、「女がタバコを吸うなんて」と非難される男尊女卑の時代から吸い続けているのだから、そんじょそこらの喫煙者とはわけが違う。筋金入りのスモーカーなのである。

とはいえ、喫煙歴が三十年、四十年と長くても、禁煙に成功する人間はざらにいるのだけど……。

由利子が新しいタバコに火を点けた。ネイルアートを施した美しい指の間から高級ライターがのぞいている。

「あら、素敵なライターね」

「ありがと。このアンティークな雰囲気、なかなかいいでしょ。ひと目惚れして買っちゃったのよ」

由利子が嬉しそうな顔で応える。

彼女はライターを集めるのが趣味だ。百個以上持っているらしい。

由利子が次々と高そうなライターを披露するたび、早和子は安堵する。ライターに大金を注ぎ込むということは、タバコをやめる気などまったくないという証拠である。それはつまり、この先喫煙者が減り続けていったとしても、由利子が会社にいる限り、最後のひとりにはならずに済むということだ。それを考えると、彼女の存在はありがたいと心底思う。

「全面禁煙の場所が急に増えたよね。それほど急にタバコ吸う人が減ったとも思えないのにさ」

同じように追い詰められているであろう、見知らぬ多くの人々に思いを馳せた。

「少しはタバコ吸う人間のことも考えてほしいもんだよ。私なんて、好きなもの我慢してまで長生きしたいとは思わないもんね。そういえば早和さん、最近は禁煙、どうした？禁煙するの、趣味なんでしょ？」

由利子がからかう。

今まで何度もこの二人の前で禁煙宣言をしてきた。しかし、舌の根も乾かないうちから吸い始めるのを彼女たちは見慣れている。毎回悲壮な覚悟で臨んでいるのだが、二人は軽い冗談くらいにしか思っていない。そう思ってくれていた方が、失敗ばかりしている身としては助かるのだけれど……。

「おっと、三本目ですか」

久美が笑いながら、由利子に尋ねる。

「吸い溜めしとかないとね。三時から営業会議だから」

タバコは吸い溜めなどできないことは、喫煙者なら誰でも知っている。血液中のニコチン濃度は、吸ってから三十分後には半減し、一時間後には四分の一になる。だから、最低でも一時間に一本は吸わなければならない勘定だ。つまり、十本まとめて吸ったから十時間は吸わなくても平気、とはならない。十本でも一本でもニコチンが血液中から消失する時間は同じだ。

リフレッシュコーナーがなくなってからというもの、駐車場に来るたびに吸い溜めと称して、気持ち悪くなるまで立て続けに吸ってしまうようになっていた。そのために、本数が以前より増えている。そのことと関係があるのか、タバコに対しての身体の反応が最近になって変わってきた。おいしいと感じることが少なくなってきたのだ。吸わずにはいられないくせに、吸うと気分が悪くなるのである。吸いたくて吸っているわけではなくて、誰かにあやつられて吸わされているといった感じなのだ。一服の楽しみというよりも、吸わなければ生きていけないから吸うという、いわば強制以外の何ものでもなくなってきている。

「会議だっけ？　じゃあ私も、もう一本」

吸いかけのタバコを急いで消して、新しいタバコに火を点けた。

吸い溜めなど意味がないとわかっていても、そうしないではいられなかった。会議の途中で吸いたくなったらどうしようと考えると不安でいっぱいになる。それは恐怖心に近いものだった。

　会議といっても、早和子や由利子に発言する機会はない。二人の仕事は、コピーしておいた資料を配り、空調の加減を調整し、プロジェクターを用意することである。ペットボトルが普及してからは、お茶出しの習慣はなくなった。

　しかし、最近になって、書記を任せられるようになった。聞き漏らしがあるといけないので、二人ともパソコンを持ち込んで、必死でキーボードを叩く。

　以前は、書記といえば男性の新入社員の仕事と決まっていた。書記の仕事を通じて業界用語を早く覚えたり、部内全体の仕事の概要をつかんだりできるので、新入社員教育の一環とされていたのだ。だから、この仕事が自分たちにまわってきたときは、そっと顔を見合わせて喜びあったのだった。

　会議が終わったら議事録としてまとめ、上司の印鑑をもらいに行く。創意工夫の余地があるうえに達成感もある。そんな仕事は入社以来初めてだった。しかしその反面、少し前までの会議室は見渡す限り男性社員ばかりだったのに、今では総合職の若い女性もいて堂々と発言するので気持ちは複雑だ。

会議は一時間で終わった。

会議室の片づけを終えてから、うっかり自席に戻ってしまったことを後悔していた。

ああ、吸いたい……。

会議室を出たら、そのままエレベーターで一階まで降りて、駐車場の灯油缶へ向かうべきだったのだ。

周りをそっとうかがった。

山城《やましろ》課長が柿沼《かきぬま》主任と立ち話をしているのが視界の隅に入る。喫煙歴のない課長の目に、タバコを吸うために頻繁に席を立つ社員がどう映るかは明白だった。困ったことに、最近の若い社員のほとんどがタバコを吸わないから目立つのだ。

どう考えてもタバコは我慢した方が身のためだ。それは十分わかっている。

だけど……吸いたい気持ちを抑えることは、どうしてもできない。

次の瞬間、思いきって立ち上がり、ドアに向かった。きっと非難の視線が背中に突き刺さっている。意識しすぎて歩き方がぎこちなくなる。

耐えきれずに思わず振り返ると、誰ひとりとしてこっちを見てはいなかった。課長は資料を覗き込んでいるし、若手たちは真剣な表情でパソコンに向かっていた。

課長はこちらの視線を感じたのか、ふと顔をあげた。目が合った。課長の視線は、早和子が手にしているポーチへと流れた。その中にはタバコとライターが入っている。

責めているのだろうか。

そうは思っても……やっぱり吸いたい。

視線を振りきるようにして、くるりと向きなおり、エレベーターへ向かった。

――タバコを吸ったことのない上司に当たったら、考課が下がるのは覚悟しなきゃな。

灯油缶の前で男性社員たちが話しているのを耳にしたことがある。

若かった頃は、この会社の女性といえば全員が一般職で、仕事は簡単な事務作業だった。だからよほどのことがない限り、考課は一律平均値のCと決まっていた。可もなく不可もなくということだ。しかし今は、総合職、一般職、契約社員、派遣社員などと、立場も仕事内容も多様になっている。

――私、苦境に立たされてるのよ。

先日、営業部にいる同期から聞かされたばかりだ。受注発注業務のオンライン操作は、いまや派遣社員が受け持っているという。その中には、売上げを営業マンごとにグラフで表わすプログラムを、朝飯前といわんばかりに作ってしまう優秀な女性もいるらしい。

派遣社員は安く雇える。そのうえ有能となれば……。

旧態依然とした正社員の自分たちと比べられたらたまらない。会社側から見ると、どちらを雇いたいかは一目瞭然だ。

だから最低限、悪い意味で目立つのは避けなければならないのだ。ニコチン依存症になった経験のない上司に、タバコを吸わねば生きていけない身体がこの世にあることを理解してもらうのは土台無理な話なのだから。

だけど……それでも……タバコはやめられない。

でもリストラされたら困る。だって自分が一家の生活を支えているのだから。

3

数日後、娘の日香里《ひかり》と待ち合わせをして買い物をした。その帰りのことだった。

「お母さん、今日の夕飯、なあに？」

「なにが食べたい？」

帰宅ラッシュの中、新宿駅のホームを並んで歩いていると、前方に人だかりが見えてきた。

「おまえ、こんなことしてただで済むと思うなよ」

チンピラ風の男が床に這いつくばって怒鳴っている。

驚いたのは、彼を押さえつけているのが女性だったことだ。チャコールグレーのパンツスーツ姿で、年齢は五十歳前後か。どちらかというと小柄な部類で、決して強そうには見えない。

その向こう側に、制服姿の女の子が泣いているのが見えた。まだ中学生になったばかりといった感じの幼い顔をしている。

「放せって言ってんだろ。俺はなんにもしてねえよ」

「嘘言ってもダメよ。今は科学的に検査する方法があるんだからね」

その女性は怯む様子もなく堂々とした声で言った。

「そんな脅しに乗るかよ」

「あなたの両手には、この子の制服の繊維がびっしり付着してるはずよ」

女性がそう言った途端、男は手を振り切って逃げようとした。必死の形相だった。しかし、逃げるどころか、女性にぐいっと引き寄せられ、ねじ伏せられてしまった。女性には武道の心得があるようだ。

「あいたたた。おい、骨が折れたらどうしてくれんだよ。てめえ、俺のバックに誰がついてるか知っててやってんのか」

「知らない」

女性は平然と答えた。

「それにしても駅員さん、まだかしら」

「もうすぐ来るはずです」

人だかりの中から男性の声がした。

「なあ、頼むよ。出来心だったんだ。放してくれよ」

怒声から哀願の声に変わったとき、三人の駅員が階段を一斉に駆け下りてくるのが見えた。

駅員たちが男を取り押さえるのを見届けてから、早和子と日香里はその場を離れた。

「あの女の人、めちゃくちゃかっこよかったね、お母さん」

「ほんと。正義感が強そうで素敵だった。柔道が得意だったとしてもよ、普通ああはできないよね」

「でもさ、危ないと思う。仕返しされたりしないかな、あの女の人」

「確かに危ないかも……だけど、みんながみんな見て見ぬふりしてたら、この世の中、どうなっちゃうんだろう」

「お母さんはあんな危ないことしないでよ」

「日香里もね」

やっぱり、ああいう女性にはなれそうもない。

今日見たことは、ずっしりと心に響いた。この先もずっと忘れないだろうと思った。

夜十時を過ぎた頃だった。

台所でタバコを吸っていると、換気扇のまわる音が微かに大きくなった。夫が帰って来たのだろう。空気の通り道の関係か、玄関ドアが開くと、音が微妙に変化するのだ。

「ただいま」

リビングに入って来た夫が、台所に声をかける。

「お帰りなさい。ご飯、食べる？」

夕飯は要らないと聞いてはいたけれど、残り物もあることだし、一応は尋ねてみる。

「外で食べてくるって言わなかったっけ。確か言ったはずなんだけど……」

申し訳なさそうに言いながら、夫はタバコをくわえて火を点けた。

「今朝、聞いたよ」

「なんだ。ああ、びっくりした」

夫はやっと笑顔になる。会社で働いて疲れているであろう妻が、せっかく作ってくれた夕飯を食べないのは悪いと思ったのに違いない。

「コーヒー淹れるけど、あなたも飲む？」

「うん、ありがとう」

夫は絵本作家である。絵も描くし文章も書く。若いときに出版社主催の有名な賞を獲ったのがきっかけでデビューしたのだが、それ以降は〈自称〉とつけた方がよいほど仕事の依頼は途絶えている。現在の主な収入源は、カルチャーセンターの講師料である。それは、妻子を養うには十分とはいえない額だ。

結婚したのは、夫が二十五歳で早和子が二十四歳のときだ。当時の夫は賞を獲ったばかりで、絵本の創作に意欲を燃やしていた。そんな頼もしい姿を見ていると、会社を辞めて夫を支える側にまわってもいいかなと思うようになっていた。それなのに、絵本はまったく売れなかった。まさか子供を産んだあとも会社勤めを続け、自分が一家の大黒柱になろうとは夢にも思っていなかった。しかし、この分だと定年まで働き続けることになりそうだ。

日香里が冷蔵庫を開けている。ダイエット中と言いながらも、育ち盛りのためにお腹は空く。冷蔵庫の中をじっくり見回しているのは、なるべくカロリーが少ないものを探しているからだ。

日香里は、ファッション雑誌のモデルをしている。父親に似てエキゾチックな顔立ちで、スタイルも抜群に良く、身長は百七十センチもある。去年の夏に、友だちと原宿で買い物をしているときにスカウトされたのだ。

まだ中学生ということもあり、夫婦ともに反対したのだが、本人がどうしてもやりたいというので、夫が仕事場につき添うことを条件として、少しずつ仕事を始めさせた。撮影所の片隅で父親が監視の目を光らせているせいか、日香里の着る洋服はすべて肌の露出度が低かった。そのうち、夫はモデル事務所の社長やスタッフやカメラマンとも親しくなり、彼らの真面目な人となりを見て、安心して娘を任せられると判断した。それでも時間があるときは、今も日香里の仕事を見にいってくれている。

夫がソファに座り、テレビを点けた。

淹れたてのコーヒーを運び、夫の隣に座ってタバコを吸う。至福のひとときである。

——今日も一日、頑張って働いたね。

紫煙が話しかけてくれている気がする。

タバコというものは、満足感を共有し、さらにそれを倍にしてくれる心の友である。なるべく換気扇の下で吸うことにしているのだけれど、日香里が文句を言わないこともあって、夕食後だけはリビングのソファで吸うのが習慣化している。日香里は母親が禁煙に四苦八苦している姿を幼い頃から幾度となく見てきた。そのせいか、タバコの煙には寛大でいてくれる。

禁煙の誓いを立てるのは、正月や誕生日は毎度のことだし、それ以外にも、ふと思い立ったときを含めれば年に十回は下らない。特に、三十歳や四十歳になる節目の誕生日には、綿密に計画を立てたものだ。しかし、一日として我慢できたことはない。

心底やめたいと思う。しかし、いったいどうすればやめることができるのかがわからない。

ああ……。

今日は疲れた。明日また考えることにしよう。

そう決めて、新しいタバコに火を点けた。

日香里がトマトを丸かじりしながら、ひとり掛けのソファに腰をおろした。

「あれっ、パパ、それどうしたの？」

「何が？」

夫はのんびりとした声で応え、日香里を見る。そのあと、「あっ」と驚いたような声を出し、「あちっ」と続いた。

「あらあら、こぼれちゃったわよ」

台所に走り、雑巾を持って来て床にこぼれたコーヒーを拭いた。

「日香里、なんのことを言ったの？」

「パパの腕を見てよ。チョー高級品じゃん」

特徴的なデザインやロゴがあれば、ブランドに疎い早和子にもわかるのだが、なければとんとわからない。夫の腕時計を見ても、高級かどうかもわからなかったが、夫が黙ってしまったところをみると、かなり高額なのだろう。

「パパ、怪しい」

「いや、違うんだ。これは……」

「あなた、またもらったの?」

「パパ、また伯爵夫人からもらったの?」

「そう、そうなんだよ」

夫の表情から緊張が消え、わざとらしく眉間に皺を寄せて、困ったような顔を作る。

夫が講師を務める絵本作家養成コースは、昼間と夜間に分かれている。夜間に通ってくる生徒は、将来絵本作家になることを夢見る学生や二十代の社会人が多いらしいが、昼間のコースはほぼ全員が裕福な家庭の主婦で、暇つぶしの社交場と化しているという。その仲間内で、孫のために絵本を自費出版することが最近はブームになっているというぐらいだから、年齢もかなり高めである。その女性たちを茶化して伯爵夫人と呼び始めたのは日香里だった。

カルチャーセンターというところは、ほんの少しでも見栄えのする男性が講師になると、教室がホストクラブ化してしまうというのが、夫の弁である。女性たちは、競うように男性講師にプレゼントしたがるというのだ。

夫が講師を始めたばかりの頃は、生徒からもらったというプレゼントを目にするたびに嫉妬にかられたものだ。その頃はカルチャーセンターの様子を知らず、絵本作家を目指す若い女性からのプレゼントだろうと勝手に思い込んでいたからだ。

その当時のことが尾を引いているのか、夫は生徒からもらったプレゼントをいまだに隠そうとする。後ろめたいことがなくても、妻に疑われること自体を恐れているようだ。世間の夫というものはみんな、家庭内で波風が立つのを最も嫌がるものらしいから、夫もきっとそうなのだろう。

「あなた、次は伯爵夫人にドイツ製の洗濯機を買ってもらってよ」

夫が苦笑する。「わかった。言っておくよ」

実は前に一度、夫が伯爵夫人たちに囲まれているのを目撃したことがある。通り沿いにあるガラス張りのおしゃれなカフェで、化粧の濃い年配女性五人を相手に歓談していたのだ。そのとき、夫は家では見せたことのない営業スマイルを顔に貼りつけていた。その様子を見てからというもの、そういうことも夫の仕事の範囲内だと思えるようになった。孫のいるような年齢の女性から色仕掛けで迫られたら、気を遣うばかりで楽しくないだろう。本当にご苦労なことだと今は同情している。

「日香里、その脚、行儀悪いぞ」

「ごめんごめん」

「ごめんは一回にしろ」

「はいはい」

「はいも一回！」

日香里は舌を出した。

ずっと会社勤めを続けてきたので、子育ては夫にかなり頼ってきた。保育園に通っていた頃の送迎はすべて夫がやってくれたし、掃除や洗濯も夫が昼間に片づけておいてくれた。当時は講師はしておらず、売れない絵本作家だったので、終日自宅にいたのだ。

様々なことを幼い日香里に教えてくれたのも夫だ。お風呂に入ったら耳の後ろも丁寧に洗うとか、浴室から出る前に、固く絞ったタオルで身体を簡単に拭いておくとか、机の中には、上から時間割順に教科書とノートを入れておいて、その授業が終わったらいちばん下に入れると便利だとか、とにかくいろんなことを教えてくれた。

そういう育ち方だったからか、日香里は思春期になっても父親を毛嫌いすることもないし、どちらかというと母親よりも父親の方に遠慮のない口の利きかたをする。父親のことをパパと呼び、母親のことをお母さんと呼んでいるのも、考えてみれば距離感の違いの表われかもしれない。日香里自身に、父親似だという意識があることも影響しているのだろう。

翌朝、出勤前にいつものカフェに立ち寄った。

奥の方を見ると、由利子と久美がいる。彼女たち以外にも知った顔があちらこちらにある。会社が全館禁煙となってからは、このカフェに立ち寄る社員が多くなっていた。

奥まったところのボックス席が、早和子たち三人の指定席のようになっている。コーヒーを飲みながらタバコを吸い溜めし、やおら出勤の運びとなる毎日だ。

「禁煙のカフェがこの世の中にあるってこと自体、おかしいですよね」

久美は朝っぱらから怒っていた。

つい先日、駅の反対側に全面禁煙のカフェがオープンしたことを言っているのだ。

「絶対おかしい。だって、カフェっていうのはタバコを吸うためにあるんだから」

由利子が同調する。

「それを知らずに入って、『灰皿どこですか』って聞いたら、『店内は禁煙でございます』

だって。その言い方がまたいやらしいんです。いかにも軽蔑してるぞ、みたいな感じ。だいたいタバコも吸わないくせにカフェに入る人って、かっこつけてると思いませんか？」

「つけてるつけてる。タバコ吸わないんだったらカフェに入る意味ないもん。喉が渇いたら自動販売機で水でも買って、その場で立ち飲みすりゃいい話じゃん。ほんと頭くる」

「でしょう？　あんなカフェ、三ヶ月後にはつぶれてますよ」

「つぶれてるつぶれてる。だいたいさあ、タバコがそんなに身体に悪くて他人にも迷惑かけるっていうんなら、そもそもどうして売ってんの？　そんな恐ろしい物、売っていいわけ？　ほんと理解できない。それに、私たちは、タバコ税を払ってあげてるんだよ。お国のために役立ってるじゃん」

「ほんとにね」

「頭にきますよね」

理不尽な理由で社会から虐げられている私たち、世にもかわいそうな私たち、悲劇の主人公となった私たち……連帯感が日々育まれていく。

「駐車場に屋根をつけてくれないかな。一部だけでもいい。タバコ吸うとき、雨が降ってたら傘ささなきゃならないし、夏になったら炎天下よ」

「早和さん、総務に掛け合ってみたらどうですか？」

「言うだけ無駄だよ。タバコ吸う人間の意見に耳貸すわけないじゃん。だったらおまえがタバコやめろって言われるのがオチだよ」

にべもなく由利子が言う。

「総務部長がヘビースモーカーならよかったのに」

そう言いながら、ふと由利子の横顔を見た。地黒とはニュアンスの異なるどす黒い皮膚、年齢に似合わぬ皺の深さ。由利子は典型的な〈タバコ顔〉になってしまっている。以前からそうだったろうか。尻に張り付くようなタイトなミニスカートという若作りが逆効果となって、さらに由利子を老けさせていた。

早和子の場合は、〈タバコ声〉である。いわゆる濁声《だみごえ》だ。

数年前の高校の同窓会でのことだ。卒業以来二十年以上会っていない友人たちが一様に驚いたのは、声についてだった。

——早和子、その声いったいどうしたの？ 高校時代から確かにアルトだったけど、そんなにひどくはなかったはずだよ。まるで魔女みたい。

最近では、街で見かける見知らぬ女性でも、喫煙者かそうでないかがだいたいわかるようになってきた。長年タバコを吸ってきた女性特有の声と顔に、敏感になっているのだ。その心の奥に、同類がひとりでも多くいることを確かめて、安心したいという思いがある。

「早和さんがタバコ吸う人でよかった。ほんとに嬉しいです」

何度も久美は言う。由利子も「そうそう」とうなずく。

確かにその通りだろう。早和子にしたって、ヘビースモーカーの女性上司がいてくれたらどんなに心強いかと思う。

「どこからみても主婦というか、いいお母さんて感じの早和さんがタバコ吸うおかげで、ほんと助かるよ」

由利子は言ってから相槌を求めるように久美を見た。しかし、久美は派遣社員としての立場を考えたのか、上目遣いで顔色をうかがうようにしてこっちを見た。

「早和さんは主婦という感じはしませんよ。スーツも似合っていらっしゃるし」

「そうかな。誰が見たって主婦って感じすると思うけどね。タバコ吸うような女には見えないもん」

由利子がミニスカートから伸びた脚を組み替えた。

タバコを吸う仲間のいるありがたさを、それぞれがしみじみと感じているようだ。この先もずっとタバコをやめたりしないでね。抜けがけしないでよ。早和子は心から祈った。

4

土曜日は、日香里の通う中学の保護者会に出かけた。

家から電車で十五分のところにある、中高一貫の私立女子校である。

いつものことだが、一時間以上も前に家を出た。なぜそんなに早く出るかというと、保護者会の直前にタバコを吸い溜めしておかなければならないからだ。

保護者会の手順はいつも同じだ。九時から十時半までが大ホールでの学年会。それが終わると各教室に移動し、クラスごとの懇談会が十二時まで。つまり、三時間以上もタバコが吸えないのだ。

学校の最寄りの駅に着くと、いつも行くカフェに直行した。これほど早い時間に来ている母親はいないので、タバコを吸っていても見つからない。しかし、そうは思いつつも、万が一ということもあるので、いちばん奥の目立たない席に座った。そして、気持ちが悪くなるまで吸いまくった。

学年会では、学園長の講話があった。学園長は六十をいくつか過ぎた白髪の男性だ。色白でガリガリに痩せているからか、見るたびに山羊《やぎ》を連想する。

「昨今はどこでも禁煙となっております。その例に倣《なら》い、我が学園もすべて禁煙にいたしました。本日は見渡した限りお母様方ばかりのようですから関係ないと思われますが、体育祭や文化祭を始めとする学校行事にお越しになるお父様方にはご不便をおかけすることもあるかと存じます。何卒ご了承ください。尚、建物内だけではなく敷地内すべて禁煙でございます」

いったい全体、愛煙家の教師はどこでタバコを吸えばいいのだろう。

まるでその疑問に答えるかのように、学園長は続けて言った。

「我が学園にはタバコを吸うような教師などひとりもおりません。教師はいつも生徒の模範とならねばならないから当然のことでありましょう」

もしも自分がこの学校の教師だったらどうする？

想像した途端、タバコが吸いたくなってきた。

あんなにたくさん吸ってから来たっていうのに……。

そっと腕時計を見る。吸い溜めしてから二十分も経っていないからニコチン切れではないはずだ。

バッグからペットボトルを出し、お茶をひと口飲むと、少し飢餓感が遠のいた。

それにしても……ある日突然、タバコを吸う場所はありませんと言われたらどうしたらいいんだろう。

――敷地の隅っこでもいいから喫煙スペースを作ってください。もちろんマイ灰皿を持参します。どうかどうかお願い致します。

深々と頭を下げるしか手はない。

でも、そんなことしたら馘《クビ》になるかも。だって学園長の言い方だと、タバコを吸うやつは人間のクズだと言ってるのも同然だから。

じゃあどうする？

授業の合間にトイレで隠れて吸うとか？　火災報知機が鳴って消防車が来て大騒ぎになるかもよ。

何かほかにいい案は？

考えれば考えるほどパニックに陥りそうだった。

ホールでの学年会が終わると、三年G組の教室へ移動した。

担任からの連絡事項の伝達が終わったあとは、グループ討議に入った。といっても、たまたま近くの席に座った四、五人が机を寄せ合い、お互いの娘の最近の様子や、昨今の中高生を取り巻く環境の悪化などについて、その都度思いついたことを話すだけだ。

いつもと同じで、特に目新しい話題はなかった。

「日香里ちゃんのお母さんも、ランチご一緒にいかが?」

帰り支度をしていると、同じクラスの鈴木陽子《すずきようこ》から声をかけられた。

「ありがとうございます。残念ながら、このあと用事がありますので」

「あら残念。日香里ちゃんのモデルのお仕事のことなんかを聞かせてもらいたかったのに、ねえ」

彼女は、隣にいる母親に相槌を求めた。

本当は用など何もなかった。タバコが吸いたかっただけだ。

PTA会長である鈴木は、学校の内部事情に詳しい。日香里の学年は来年度から高校生となるのだから、附属高校の様子や高校卒業後の進路のことなど、教えてもらいたいことは山のようにあった。彼女は、教師が決して口にしない裏事情などにも詳しいと聞いているからだ。

それにしても、なぜこんな良家の子女が集まるような学校に日香里を入れてしまったのだろう。近所の公立校と違い、金髪の母親などひとりもいない。お上品な母親たちの集まりで、タバコを吸うことなど間違ってもできない。レストランやカフェに行けばきっとタバコが吸いたくなるに決まっている。そこでもしも我慢できなくなって吸ってしまったらどうなるのだろう。想像するだけで恐ろしかった。

思えば、タバコを吸うせいで、自分から交際範囲をどんどん狭めてしまっている。吸わない人とはつきあえなくなっているのだ。学生時代の友人にしても、電話で話をしたり年賀状を交換するだけならいいが、実際に会うとなるとやはりタバコを吸う友人に限られる。吸わない友人であっても、その夫が吸うとなれば、少しは気が楽であるが、夫も吸わないとなると、その友人の前では吸えない。たとえ「吸ってもいいよ」と言われたとしても、副流煙を嫌悪する程度は人それぞれだし、本心が見えないだけに、ますます吸いづらくなる。

旅行ともなれば尚更だ。友人や同僚などに旅行に誘われることもあるが、タバコを吸う人がひとりもいないグループには絶対に参加できない。

「じゃあ、お先に」

ひとりで教室を出た。

真っ直ぐに駅へ向かい、ドアが閉まる直前の電車に飛び乗った。

ドアのところに立ち、寒空を眺める。

ＰＴＡ会長から有意義な情報を得られない自分を、日香里にすまなく思う。母親として失格だと思う。情けなくて涙が出そうだった。

いつものように、隣の駅で降りた。一刻も早くタバコが吸いたかったからだ。学校近くのカフェは、どこもかしこもPTA帰りの母親たちでいっぱいである。そんなところで吸うわけにはいかないし、特に今日は鈴木の誘いを断ったのだから、近辺をうろつくわけにもいかない。かと言って、自宅のある駅まで我慢することはできなかった。

ドーナツショップに向かう途中、どこからかタバコの煙が流れてきた。ふと見ると、三十代半ばくらいの男性が、電柱の陰で隠れるようにして吸っている。つい最近までは、路上でタバコを吸えるのは男性だけだった。女性の場合は、雰囲気的に許されていなかったからだ。でも、今や路上喫煙禁止区域はどんどん広まりつつある。だから、男性も吸える場所を見つけるのに苦労するようになったのだろう。

カウンターでドーナツ一個とコーヒーを注文する。食欲はなかったが、ドーナツショップでコーヒーだけというのも気が引けたからだ。以前は、甘いものに目がない夫や日香里へのお土産にと、持ち帰り用にたくさん買ったものだが、日香里はモデルの仕事を始めてからというもの、甘いものは一切食べなくなった。夫と自分用に買って帰ってもいいのだが、そうすると、ただでさえ忙しい日香里に、目の前にある大好物を我慢するという新たなストレスをかけることになる。だから最近は、家には買って帰らないことにしている。

店内は土曜の昼だというのに空いていた。ここは穴場なのだ。ドーナツショップといえば、女子高生や子供連れで賑わうのが普通なのに、ここだけは近所に学校がないせいか、いつ来ても空いている。

財布からお金を出しながら、さりげなく「灰皿、お願いします」と言うのも、いつもの手順だ。

「今年から店内は全面禁煙になったんです」

「えっ？」

思わず大きな声を出していた。

「申し訳ございません」

アルバイトらしき女の子は、申し訳ないなどとはつゆほども思っていないような事務的な言い方をした。

「へえ……そうだったんですか」

平静を装うのに精いっぱいだった。

釣銭を受け取り、入口に近い席に座った。いつもなら奥の席に座るのだが、タバコが吸えないとなればどこでも同じだ。どうせ寛げないのだから。

ショックで涙が滲んだ。ニコチンが切れると途端に情緒不安定になるのだ。

四十過ぎの女が、ドーナツショップでタバコが吸えないくらいで泣くか、普通。

店員に笑われるよ。

落ち着こうと思えば思うほど涙が膨れ上がってきた。

熱いコーヒーをひと口啜る。すると、不思議なことに、すうっと気持ちが鎮まった。

あれ？　コーヒーを飲むとさらにタバコが吸いたくなるものだと思っていたけれど、それは間違いだったのだろうか。それどころか、タバコに対する渇望感が抑えられた気がする。コーヒーでなくても、飲み物ならなんでも気分が落ち着くのかもしれない。もちろん、吸いたい気持ちが完全になくなったわけじゃないけれど……。

食べ物を口にすると、余計にタバコが吸いたくなるような気がして、ドーナツは持ち帰ることにした。コーヒーを飲み終えるとカウンターに行き、店員から紙袋を一枚もらった。その中にドーナツを入れてバッグにしまい、店を出る。

結局、ドーナツショップには十分もいなかった。

店を出るとすぐに、駅の反対側にある〈純喫茶ブラジル〉を目指して歩き始めた。確か、コーヒー一杯が六五〇円もしたはずだが、この緊急事態に値段のことなどかまっていられない。

ああ、タバコを吸わなければならない身体とは、なんと不便なのだろう。

保護者会自体は三時間ほどなのに、行き帰りにカフェでタバコを吸わなければならないから、せっかくの土曜日だというのに半日がつぶれてしまう。それに、母親たちのランチにもつき合えないようでは、情報交換をすることすらできない。自分は最低の母親なのだ。〈純喫茶ブラジル〉のソファに深々と身体を沈め、タバコを吸いながら考えていると、一層気分が落ち込んだ。

禁煙指導の本は片っ端から読んでいる。書店で新しい禁煙本を見つけるたびに飛びついて、むさぼるように読む。今度こそやめられる決定的な何かが書いてあるのではないか。毎回大きな期待を寄せるのだが、どれもこれも似たような内容ばかりだ。

ニコチンガムも試してみたことがある。舌がビリビリと痛くなるニコチンガムは耐え難いものだった。普通のガムですら、薄荷成分のきつい種類のものは以前から苦手なのだ。しかし、これでタバコがやめられるのならばと、我慢してガムを噛んだ。

問題は、ガムを口に入れた途端にタバコが吸いたくなることだった。ニコチンガムとタバコの両方から二重にニコチンを摂取するのは危険だ。だから噛み始めたばかりのガムを捨ててタバコを吸う。次の瞬間、こんなことではいつまで経ってもやめられないじゃないかと反省する。そして新たな決心とともにタバコを揉み消してガムを口に入れる。するとその途端にまた猛烈に吸いたくなる。これを繰り返した挙句、口内炎ができたこともあって、断念したのだった。

かといって、禁煙外来に行く気はしなかった。というのも、まだニコチンパッチが薬局で売られていなかった頃、ニコチンパッチ欲しさに病院に通ったことがあるからだ。

それは湿布薬に似ていて、腕などに貼って皮膚からニコチンを吸収するもので、役割はニコチンガムと同じだ。つまり、禁断症状を和らげて、禁煙のつらさを助けることを目的に開発されたものだ。

タバコの煙には何千種類もの毒物が含まれているという。しかしその中で、依存性のあるのはニコチンだけなのである。ニコチンさえ皮膚から摂取できれば、身体は満足するのであって、その他の毒物はもともと欲していないものなのだ。それに、ニコチンパッチは喫煙と違って口から煙を吸い込まなくて済むのだから、肺や気管にも悪影響を及ぼさない。なんと素晴らしいものなのだろう、すぐに試してみたいと思い、通院することにしたのだった。

個人病院の医者は、見るからに紳士といった感じの五十がらみの男性だった。診察室のドアを開けた途端、彼は生まれてから一度もタバコを吸ったことのない人間だと直感した。

——タバコをやめたいのなら、単に吸わなきゃいいだけのことだと思うんだけど、違う？

——ところで、タバコって一箱に何本入ってるんだっけ？

その医者は次々に耳を疑うようなことを尋ねてきたのだった。

——ニコチンパッチというのは大中小とあってね、最初は大きいのを貼って、慣れてきたらだんだん小さくしていくらしいんだ。一日に一枚で、大が四週間、中が二週間、小が二週間だから、全部で八週間。二ヶ月で禁煙できる計算らしいよ。

そのあと彼は、製薬会社の説明書を読み上げ、いきなり笑い出した。その光景は今でもはっきり憶えている。

——すごく面白いことが書いてある。副作用として悪夢を見ることがあります、だってさ。

心底楽しそうに笑うので、こちらも笑わないと悪いような気がして、無理して微笑んだのだった。

家に帰り、早速二の腕にニコチンパッチを貼ってみた。しばらくすると、吸いたい気持ちがすうっと収まってきた。今度こそ本当にやめられる。しかし、そう思ったのも束の間、時間の経過とともにニコチン吸収率が低くなってくるのか、吸いたくてたまらなくなった。

絶対に我慢しなくては。

そう思えば思うほど矢も盾もたまらず吸いたくなった。

とうとう乱暴にニコチンパッチを剝がし、タバコに火を点けてしまう。いったい自分は何をしているのだろうと暗い気持ちになった。一日に貼ってよいのは一枚だけだから、今日はもう貼ることはできない。今日の失敗はなかったことにしよう。明日からまた新たな気持ちでチャレンジすればいい。大丈夫だ、めげるな。そう自分を励ました。

だけど、結局はタバコをやめることはできなかった。ニコチンパッチをだんだん小さいサイズにしていくということは、皮膚から吸収するニコチン量が減っていくということで、それはつまり、禁断症状が強くなるということだった。大きいサイズでも吸いたくてたまらないのに、いつかはニコチンパッチそのものもやめなくてはならないのだ。そんなことができるわけがない。

それに、悪夢を見るというのは本当だった。広大な砂漠の中で、日香里を見失ってしまう夢を見て、毎晩夜中に目が覚めた。汗びっしょりだった。寝不足になり、次の朝会社に行くのがつらくなったのだった。

そうこうするうち、皮膚に炎症を起こした。貼る場所をあちこち変えたので、炎症は体中に広がってしまい、結局は断念したのだった。

もうあんなことはこりごりだ。

5

日香里の春休みももうすぐ終わる。来週から高校生になるのだが、中高一貫校なので、学校の場所も制服も中学のときと同じである。ブラウスにつけるリボンの色が赤から紺に変わるだけだ。高校受験のないことが、会社員として忙しい毎日を送っている自分にとってはありがたかった。

「キジュってなあに?」

日香里が尋ねた。家族が食卓に揃うのは、日曜日の夕飯だけである。

「喜寿というのは七十七歳のお祝いのことだよ」

夫は傍らにあったメモ帳と鉛筆を引き寄せる。「ほら、こうやって草書体で『喜』を書くと、七十七に見えるだろう」

「すごいね。パパってなんでも知ってるよね」

「しかし親父もあれだけ酒飲んでタバコ吸ってるっていうのに、ほんと病気知らずだよな」

「お義父さんて、どれくらいタバコ吸ってるんだっけ?」

知っているけれど、何度でも聞きたい。

今夜のメインは鯖を塩焼きにしたものだ。夫の皿に載った大ぶりの切り身に、大根おろしをたっぷりとかける。

「親父の喫煙歴は長いよ。二十歳から吸い始めたとして、もう六十年近いんじゃないかな」

「六十年は長いね。それも、一日に二箱だよね」

「今どきタバコの名前にライトもマイルドもついてないようなのを吸ってるのは原始人だよな」

「昔ながらのああいうタバコには、ニコチンもタールもたっぷり入ってるはずよ」

「ほんと呆れるよね。親父を見ていると、癌にならない人間はどうやってもならないみたいだな」

夫はもう少しで頬が緩みそうになるのを、ぐっとこらえて真面目な表情を作っている。

——ヘビースモーカーなのに病気知らず。

そういった類の話が夫婦揃って大好きだった。タバコを吸うのを、これほど正当化できる材料はほかにないからだ。

「タバコもお酒も一切やらないのに、若くて癌になる気の毒な人もいるのにね」

「俺は親父の血を引いてるかもな。骨格も似てるし、病気知らずだしね」

「そうね、確かに似てる」

夫は、ふと箸を止めた。

「これは何？　ほうれん草に似てるけど」

「からし菜のお浸しよ。こういうアブラナ科のものって抗癌作用があるんだって」

まるで、これさえ食べていれば、どんなにタバコを吸っても癌にはならないと言っているようで、おかしくなる。

「へえ、そうなんだ」

夫は、感心したようにうなずきながら、濃い緑色のからし菜を小皿に取り分け、醤油をかける。

夫はタバコをやめる気はさらさらない。それについては結婚前から一貫している。絶対にやめられるはずがないというのが理由だ。

「喜寿のお祝いに行くと、なんかいいことあんの？」

日香里が面倒臭そうに聞く。

「ご馳走が出るよ」

「どんな？」

「どんなって……とにかくすごいご馳走だ。加賀樓の仕出しだからね」

「へえ、そうなんだ。ところでシダシって？　まっいいか、行くよ。お小遣いもらえるかもしれないし」

「逆だよ。こっちがお祝いを持っていくんだよ。日香里も何かおじいちゃんにプレゼントしなさい」

「おじいちゃんの喜ぶものなんて、私わかんないよ」

日香里が助けを求めるようにこちらを見た。

「そうねえ、ぐい飲みのお猪口《ちょこ》なんてどう？　信楽焼なんて渋いよ」

「灰皿でもいいかもな」

「お母さん、私は何を着ていけばいい？」

「ジーンズはやめてね。少しお嬢さんらしい格好にしてよ」

話しているうちに、だんだん憂鬱になってきた。夫の実家での宴席の様子が具体的に頭に浮かんできたからだ。

長男の嫁である早和子は、夫の両親の前ではタバコが吸えない。そう言い渡されたわけではないが、嫁がタバコを吸える雰囲気の家ではないのだ。

夫には姉が二人いる。長姉の珠美《たまみ》は夫より六歳年上で専業主婦である。製紙会社に勤める夫との間に、大学四年の長男、大学二年の長女、この春から浪人している次男がいる。次姉の葉子は夫の四歳年上で、独身である。テレビのパッチワーク教室で講師を務めている。自らをドメスティックアーティストと名乗っていて、リサイクルや整理整頓などの主婦向けの本を次々に出版している。たいそう羽振りがいいのだが、いまだに両親と同居している。この葉子がヘビースモーカーなのである。

夫の実家を訪ねるたびに、舅《しゅうと》の義雄《よしお》は、「葉子は女のくせにタバコ喫《の》みで、本当に嫌だねえ」などと言って同意を求めるのだ。曖昧《あいまい》にうなずくしかないのだが、義雄は言葉とは裏腹に、テレビに出て活躍しているような娘を自慢に思っているようだし、タバコにしても、普通の女性には許されないことだが、葉子のように非凡な才能のある女性は特別だと思っているのが言葉の端々からうかがえる。

ああ、行きたくない。

喜寿の祝いというのは、何時間くらいで終わるのだろうか。会社で数時間タバコを我慢することならできるのだが、歓談しながら酒を飲んでご馳走を食べる、という場面で我慢するのは本当につらい。そのうえ、義雄と夫と葉子の三人が、目の前でぷかぷか吸うのだから……。

やっぱり行きたくない。

「私……」と言いかけたときだった。

「ねえパパ、私やっぱ、行くのやめていい？　その日、事務所の先輩にバーゲンに連れてってもらおうと思ってたの」

「ダメダメ。仕出し屋にも人数分を予約済みだろうし、親父の年齢を考えても、岩崎家が一堂に会するなんて最後になるかもしれないんだから」

休日出勤をしなければならなくなったと嘘をつこうと思っていたのに、あきらめるしかなさそうだ。


三寒四温も過ぎ、駐車場にも春が訪れていた。

コンクリートの隙間から雑草が伸び始めている。

「もしもですよ、一箱千円に値上げされたらどうします？」

穏やかな陽射しの中、灯油缶にタバコの灰を落としながら、久美が楽しそうに尋ねる。

「千円ねえ……」

一箱千円になったところで、きっとやめられない。それどころか、値上げ前に必死で買いだめするだろう。

「千円は困る。だって私の場合は一日に二千円。てことは、一ヶ月に六万円。高すぎるよ。

私ならタバコやめる」

由利子はきっぱりと言った。

確かに月六万円は厳しい。だけど、自分なら食費を切り詰めでもタバコを買うような気がする。そして、一本一本をもっと大切に扱うようになる。火傷《やけど》するほど根元まで吸うのだ。根元に向かうほどニコチン量は多くなるから、今以上に依存度が増すことになるだろう。

「お金持ちの人なら月に六万円くらいどうってことないんでしょうけど、でももしも一箱一万円になったら？　いくら高給取りの人でもそのときは……」

言いながら久美は想像を巡らせている。

「そうなったら誰だってやめるよ。いくらお金があっても、月に六〇万円もタバコ代に使うなんてどうかしてるよ」

由利子の表情が明るい。

来月、彼女は働き慣れた人事部からリサイクル事業部へ異動することが決まっている。去年できたばかりのリサイクル事業部は若い人が多い。環境問題が叫ばれる中、政府の援助もあり、今や社内では最も活気のある部署である。

長年に亘り一般職の仕事とされていた枠が、少しずつ外されていく。定例会議の書記を任されるようになったのも驚きだったが、由利子の部署異動も異例のことだ。今後も、日に日に仕事の幅が広くなり、やりがいを感じられる仕事が増えていくといい。それもこれも、切れ者の女性総合職たちが頑張ってくれているおかげだろう。

「私なんか、今より十円でも値上がりしたらすぐにやめるつもりですよ。なんせ派遣の時給は安いし、今だって生活ぎりぎりなんですから」

「久美ちゃん、この前の大幅値上げのときもそう言ってなかったっけ?」

由利子が突っ込む。

「あれは……なんて言うのか……とにかく今後また値上がりしたらマジ生活やばいです」

この前の大幅値上げは痛かった。

早和子の吸っているマイルドセブンスーパーライトは三〇〇円からなんと四一〇円になったのだ。一日一箱半として、月に五千円も余分にかかるようになってしまった。由利子のセブンスターは三〇〇円から四四〇円になり、久美のマルボロライトは三二〇円から四四〇円になった。

一箱一万円になったらやめられるか……。

いくらなんでもやめざるを得ないだろう。

だったらいっそのこと、明日から一万円にしてくれればいいのに。

そう思った途端に、今吸っているのが最後の一本のような錯覚に陥り、思いきり肺の奥深くまで吸い込んだ。

「男の人ってやっぱり偉いね。家族を養ってるっていう気負いがあるからか、部課長クラスで、ここに来る人はいないね。会社の方針に従ってきっぱりやめるなんてすごい。尊敬する」

今までずっと心に重くのしかかっていたことを、初めて口に出して言ってみた。

あれほどヘビースモーカーだった面々が、揃いも揃ってきっぱりタバコをやめたことが棘《とげ》のように胸に突き刺さっていた。その傷があまりに深かったのか、今まで話題にすることすらできなかったのだ。

部課長クラスの男性だけではない。総合職の女性たちも灯油缶の周りに集まらなくなった。早和子が四十歳を過ぎても男性社員のアシスタント業務から脱け出せないのは、日本社会の古い制度や風潮の犠牲者だからと思ってきた。だけどここにきて、学歴や語学力以外の面でも、総合職の若い女性に比べて劣っているという事実を、まざまざと見せつけられたのだ。

つまり、タバコもやめられないほど意志が弱く、総合職の社員と違って仕事や会社に対する忠誠心のようなものもないのである。

彼女たちに対する劣等感が日に日に大きくなり、今では顔を見るのさえつらい。同類の由利子や久美に話せば、少しは気持ちが楽になるかもしれない。そう考え、思いきって話してみたのだった。

「は？　何言ってんの、早和さん」

由利子が呆れたような顔でこちらを見た。

「早和さん、知らなかったんですか。部長たちはそれぞれに個室を与えられてるじゃありませんか。そこで吸いたい放題ですよ。この前、資料を配りにいったら、まるで霞がかかってるみたいに煙もくもくで、部長がどこにいるのかわからないくらいでしたよ」

久美は怒り心頭に発すとでもいうように唇を尖らせた。「ほんと頭くる。全館禁煙て部長たちで決めといて、ちゃっかり自分たちだけは吸う場所確保してんだから。あんな卑怯なやつらについていく部下なんてこの世の中にいないよ」

「えっ、それ本当？　部長室で吸ってるの？　でも、課長クラスは個室を与えられてないじゃない」

「課長たちはしょっちゅう部長室に出入りしてるよ。総合職のお姉さんたちも、部長室で吸ってるの見たもん。私たち一般職にはお招きがないけどね」

由利子が吐き捨てるように言う。「どうせそこで、以前のリフレッシュコーナーみたいに会社の裏情報が飛び交ってるに決まってるよ」

「なるほどね。そういうからくりがあったのか……知らなかった」

思わず笑ってしまった。

「よく笑えますね。早和さんは悔しくないんですか？」

「だって……」

彼らもタバコをやめることができないという事実に安堵したのだった。

意志薄弱な人間は、自分だけではないという嬉しさで心はいっぱいだった。

6

喜寿の祝いの日は雲ひとつない晴天だったが、肌寒かった。

数日前、近所の花屋に相談したところ、喜寿の祝いの花といえば紫色のものが常識だと教えられた。そこで、勧められるままに紫色の胡蝶蘭の鉢植えに決め、配送も頼んでおいた。

夫の実家へ続く道の両脇は、桜が満開だった。

コンビニの角を折れて百メートルほど行くと、どっしりとした古い日本家屋が現われる。

それが夫の実家である。

がらがらと音をさせて格子戸の玄関を開けると、姑《しゅうとめ》のアサ子が上がり框《がまち》に正座して、笑顔でこちらを見上げていた。少し見ない間に、ひとまわり小さくなった気がする。

「いらっしゃい、よく来てくれたわね」

日香里を見て目を細めた途端に咳き込む。痰がからんで喉がごろごろいっているのが聞こえた。

「おばあちゃん、こんにちは」

「早和子さんも忙しいところ、ごめんなさいね」

「いいえ、とんでもないです」

アサ子を見るたび、上品な人とはこういう人を言うのだと思う。アサ子は金沢の名家の生まれで、東京へ嫁いでくるとき、一生分の加賀友禅を持たされたと聞いている。今日は古代紫の小紋を着ていた。

「お袋、風邪でも引いたの？」

「たいしたことないのよ。熱もないんだし」

風邪で喉をやられたようで、ずいぶんと声がかすれてしまっている。

夫は靴を脱いでさっさと上がり、廊下を奥へ進んだ。

アサ子の趣味なのか、この家は常に香を焚いている。夫は慣れているようだが、早和子と日香里は、香りがきつ過ぎて気分が悪くなることがある。

床の間のある十畳間と隣の八畳間の間の襖《ふすま》が取り払われて、広々とした空間が広がっていた。そこに大きな座卓が縦に二つ並べてある。畳を新しくしたようで、青々とした畳からはい草のいい匂いがした。

既に祝いの膳が並べられていて、準備万端整っていた。嫁の早和子が早めに来て手伝うという習慣はない。珠美がすぐ近所に住んでいるし、葉子もいるから女手が多いのだ。

それに、夫の稼ぎが少ないために早和子がずっと働き続けていることも、一族の中では周知の事実なので、息子の嫁に感謝こそすれ、顎でこき使うなどという雰囲気は微塵《みじん》もない。

義雄は、床の間を背にして和服姿で座っていた。腕組みをして座る姿は、いかにも家長という感じだ。

「親父、元気そうだな」

「おじいちゃん、こんにちは」

「本日はおめでとうございます」

三人が次々に挨拶をすると、義雄が「忙しいところ、すまないね」と満面の笑みで迎えた。

義雄と座卓の角を挟んで座っているのは、相変わらずスマートな体形を保っている葉子で、おいしそうにタバコを吸っている。

珠美の夫の吾郎《ごろう》は、長女の夫であるということを日頃から強く意識していて、こういう集まりのときには、義雄に次いで二番目の地位にあることを示したがる。そして、その序列を乱すことは絶対に許さないという気迫がうかがえるのだ。早和子は以前から、この義兄が苦手である。

我が家は縁側を背にして、夫、日香里、早和子の順に座った。藍地に白い花模様が染め抜かれた座布団カバーを、そっと指先で触ってみる。思ったとおりパリッと糊が利いていて、清潔感がある。アサ子が主婦としてプロであることにいつも感心させられるが、教えを乞うことはできない。途中でタバコが吸いたくなったらどうしようかと思うと、必要以上に長居はできないからだ。

「寒いね」

日香里が、小さな声で早和子にだけ聞こえるように言った。座卓の下で、ぎゅっと娘の手を握ってやる。肌寒いとはいえ四月なのだから、今日はまだ我慢できる。この家は、タバコの煙のために、真冬でもすべての戸が少しずつ開けてあるのだ。

しかし、それにしても寒い。隙間は何センチくらい開けてあるのだろう。それとなく後ろを振り返ると、雪見障子を通して、縁側に置かれた胡蝶蘭の鉢植えが見えた。可憐な紫色の花をたくさんつけていて、花屋で見たパンフレットよりも、花も鉢も豪華だった。ふと、縁側のガラス戸の向こうに目を移すと、苔むした庭には、馬酔木《あしび》の桃色の花が、枝がしなるほどたくさん咲き乱れていた。

「早和子さん、見事な蘭をありがとう」

早和子の視線を追ってか、義雄が声をかけた。

「お気に召していただけましたか。日香里が選んだんですよ」

たとえ品物自体が気に入らなくても、孫からのプレゼントだと言っておけば角は立たないものだ。日香里もそのことを心得ているようで、母親の嘘にふんふんとうなずいている。

「じゃあ始めましょう。お父さん、挨拶お願いしますよ」

アサ子が促す。

「はいはい、それでは」

そう言いながら、義雄は咳払いをする。「本日は忙しいところ、僕の喜寿の祝いに来てくれてありがとう。僕も七十七歳になりました。お陰さまで、老妻ともども健康で、幸せな毎日を過ごしております。今後もよろしく」

乾杯が終わると、アサ子が取り皿を配り始めた。

「さあ、遠慮なく召し上がれ」

「すごいご馳走ね」

日香里はバッグからデジタルカメラを取り出して、料理を撮り始めた。金蒔絵の碗に入った手毬麩や、色とりどりの惣菜が九谷焼の器に少量ずつ盛りつけられている。赤飯はといえば、桜の花びらをかたどってある。そしてテーブルの中央には、大きな寿司桶がどんと据えられていた。それら仕出し屋や寿司屋から取ったもの以外にも、手作りの料理が所狭しと並べられている。揚げ物やサラダ、ハムとチーズのオードブル。フキの煮物は透き通るように美しい緑色をしている。アサ子が料理上手なだけあって、その娘たちもなかなかの腕前なのだ。

「おやおや、日香里ちゃんは料理研究家にでもなるつもりなのかしら」

アサ子が言いながら、日香里の持っているカメラの小さな画面を覗こうと、孫の手もとに顔を寄せた。

「おばあちゃん、タバコ臭いよ」

「あら嫌だわ。きっとおじいちゃんが吸ってるからよ。長年いっしょに暮らしていると、匂いがこっちにまで染みついてくるのよね」

アサ子は言いながら、着物のたもとを鼻先に寄せて匂いを嗅ぐ。

「やあねえ、お母さんが副流煙で癌になったらどうするのよ、お父さん。本当にいい迷惑よね」

珠美が腹立たしげに言う。

「副流煙なんて大げさなんだよ」

義雄が言いながら、タバコに火を点ける。

「お父さんたら、いまだにどの部屋でも吸ってるでしょ。うちのマンションなんて、ベランダで吸う蛍族のご亭主がいっぱいよ。せめて換気扇の下か、庭に出て吸うことにしたら?」

「大の男が台所の換気扇の下でなんて、そんなみっともない」

「そういえば、舞《まい》ちゃんたちはまだ来ないの?」

日香里がふと思い出したという風に尋ねた。

「ごめんね、日香里ちゃん。三人ともアルバイトを休めなかったのよ。お父さんもお父さんよ。もっと早めに連絡してくれなきゃ。それぞれ予定ってものがあるんだから」

珠美が父親を睨む。

「なあんだ、三人とも来ないのか」

残念そうに日香里が言う。

「うちはね、子供たちまで貧乏暇なし状態なのよ。携帯電話代も洋服代も自分で稼ぎなさいって言ってあるから。そこへいくと、日香里ちゃんなんてモデルのお仕事ですいぶん稼いでるでしょう」

「珠美のところは今がいちばんたいへんなときだものね。三人分の教育費でしょう。だけど、それを乗りきれば、あとは子供たちが巣立ってくれて、ぐっと楽になるわよ」

アサ子が慰めるように言う。

「そうそう、そしたら姉さんもタバコを買う余裕が出てくるよ」

「葉子、なに言ってんのよ。タバコなんて吸いたいとも思わないわよ」

「そういえば、お義兄さんは、子供の教育費のためにタバコやめたの？」

葉子の言葉に、吾郎はむっとした表情を隠しきれなかったのが、誰の目にも明らかだった。吾郎は羽振りのいい義妹を好きではないのだ。

「会社では吸いづらくなりましたからね」

吾郎は、義妹の葉子に対して敬語を使う。それが却って皮肉っぽく聞こえる。

「お義兄さんの会社は全館禁煙なんですか？」

ふと興味を引かれて尋ねてみた。

「そうなんだよ。タバコを吸う人は、わざわざ建物から外に出て、隣のビルとの隙間で吸ってるんだ。早和子さんの会社でもそうじゃない？」

吾郎は、自分たち夫婦に対しては親しみを抱いているようで、以前から敬語は使わない。長男である夫が、一族の序列争いなどにはとんと興味がなく、年上である吾郎を何かと立てているからだろう。

「うちの会社でも喫煙者は苦労しているようですよ」

他人ごとのように答えておく。

「タバコ吸う人は、その分休憩時間が多いからずるいよね。僕らなんか、朝九時から昼休みまでは休憩なんかないわけだから。午後にしたってトイレに行く以外は席を立たないし。それに比べてタバコ吸う人はビルの谷間でさえ社交場に変えちゃうもんね。いろんな話題で盛り上がってるみたいで、席に戻ってくるのが遅い遅い。そのくせ夜遅くまで残って残業代はちゃっかり稼いでるもんなあ。図々しいにもほどがあるよ」

吾郎は同意を求めるようにこっちを見た。

一層タバコが吸いたくなってくる。

「ええ、ほんとに……そうですね」

言った途端に、ビールが気管に入ってしまった。激しく咳き込む。

咳をしても、なかなか出てこない。実は、飲み物や唾が気管に入ってしまうことが最近は頻繁になってきていた。苦しい。これも長年のタバコのせいだろうか。そう思うと恐ろしくなる。

「ビルの谷間で吸うっていうのも、なんだかみっともないわね」

葉子のなにげない言葉に、怒りが沸々と湧いてきた。

フリーで働いている葉子なんかに、会社勤めのつらさがわかってたまるものかと思う。全館禁煙の中で仕事をする不自由さは、経験してみなければわからない。彼女は仕事の合間にカフェにだって自由に行けるし、そもそもどこへ行くのも自分で車を運転していくのだから、車中は吸いたい放題ではないか。

「そうそう、この前の放送、すごく役立ったわ。ほら、葉子がゲスト出演したエコロジージャパンとかいう再利用の番組よ。百円ショップの容器を利用した収納も良かった。すぐに真似させてもらったのよ。ああいうのを見ると、葉子こそ専業主婦に向いていると思うから面白いものよね」

珠美が妹を褒《ほ》める。

「何言ってんだか。私は百円ショップを利用するような、貧乏たらしい主婦なんかには絶対なりたくないよ」

「これ、葉子、なんてことを言うの。あなたがテレビで紹介してるんでしょう」

そのとき、わははと豪快に笑ったのは義雄だった。

「まあ、いいじゃないか。仕事とプライベートは別だと、葉子は割りきってるんだから」

無意識のうちに葉子が吐き出す煙を目で追っていた。目の前を白い煙が通り過ぎようとしたその瞬間、思いきり鼻から息を吸い込んだ。タバコのいい香りがした。

「しかし困ったもんだな。女のくせにタバコなんか吸ったりして」

言葉とは裏腹に、義雄は目を細めている。「嫁の貰い手がないわけだ。タバコを吸う女を好きになる男なんていないからな」

「もう、本当に考えが古くて嫌になっちゃう」

葉子が白い煙とともに溜息をつく。

「堅気《かたぎ》の女はタバコを吸ったりしないもんだよ。そういうのはバーのホステスと昔から相場が決まってるんだから」

「それ、いつの時代の話よ。化石みたいな人ね、お父さんて」

そう言ったあと、葉子が肺の奥深くまで吸い込むのが見て取れた。向かいに座る早和子はつい釣られてしまい、正座したまま少し伸び上がって鼻先で煙を追い、またもや思いきり吸い込んでいた。

「葉子は水商売って柄じゃないさ。小さいときからお転婆だったから男と同じさ」

義雄が楽しそうに言う。

毎回、似たようなやり取りがある。要は男並みに仕事のできる自慢の娘だと言いたいのだろう。吾郎が白けた顔つきで料理をつまんでいるのが目に入る。

周りの人間がタバコを吸い、その煙が流れてきて、酒が入り、おしゃべりをし、そして話題までタバコに関することになる。タバコを我慢するには最悪の環境だった。

吸いたくてたまらなかった。そのいらいらを、ビールを一気飲みして紛らわしたいのだけど、あまり酒に強い方ではない。だから、柿ピーの載った皿を手もとへ引き寄せた。満腹なので何も食べたくはないのだけど、この状況でタバコを我慢するには、ひっきりなしに口を動かすしか方法はない。

ああ、タバコが吸いたい。

頭がおかしくなりそうだった。

辛いものはあまり好きではないのだけれど、この際仕方がない。一粒食べては烏龍茶を飲むというのを延々と繰り返していたら、ふとアサ子と目が合った。笑いかけようとしたら、相手の方からつと目を逸らした。よく食べる嫁だと呆れているのだろうか。それとも、目の前にご馳走がまだたくさんあるというのに柿ピーなんか食べて、と怒っているのかもしれない。

隣では、日香里がカメラを覗いている。黒豆に松葉が刺してあるのを撮ろうとしていた。

ああ、タバコが吸いたい……。

タバコは、頭にきたときは怒りを鎮めてくれるし、寛ぎたいときは気持ちを一層安らかにしてくれる。そして、寂しいときは慰めてくれるし、嬉しいときは喜びを倍にしてくれる。仕事が終わったあとも、満足感を共有してくれるし、悲しいときは悲しみを半分受け持ってくれる。つまり、かけがえのない親友なのである。

喜寿の祝いはなかなかお開きにならなかった。二時間くらいで帰れるだろうと思っていたのに、もう縁側の向こうには夕陽が迫っている。月桂樹が黄色い花をびっしりとつけていて、夕陽を受けて金色に輝いているのが見えた。

「少し疲れたから横になってくるわ」

アサ子が部屋を出ていった。

今日はこれで何度目だろう。いつものこととはいえ、あまりに頻繁な気がする。それほど疲れやすくなったのだろうか。ずいぶんと歳をとったものだ。

「そういえばお父さん、定年退職したらお母さんを旅行に連れていってあげるんじゃなかったの？　どこにも行ってないじゃない」

母親が席を外した途端、珠美が父親を責めだした。

「何度も誘ったよ。だけど、母さんが行きたくないって言うんだよ。嫌がるのを無理に連れていくわけにもいかないだろ」

「えっ、お母さんたら本当にそんなこと言ったの？」

「何よ今さら。姉さんだって、お母さんの出不精は知ってるでしょ。あの人は家にいるのがいちばん好きなのよ。どこへも出かけたくない人なの」

「そうだよ。終《しま》いにはなんて言ったと思う？　『そんなに行きたいなら、あなたひとりで行って』だってさ」

珠美が噴き出した。「相変わらずね。でも本人が行きたくないんなら、それはそれでいいのよね」

「あーあ、明日も仕事だ」と言いながら、吾郎がわざとらしく伸びをした。

「あらやだ、もうこんな時間」

珠美が壁の時計を見上げる。彼女にとって里帰りは楽しいだろうから、あっという間に時間は過ぎ去るのかもしれないが、早和子にとっては苦痛以外の何物でもなかった。

廊下から咳が聞こえたと思うと、アサ子が戻ってきた。

「早和子さんは明日もお勤めがあるでしょ。片づけはこっちでやるからいいわ」

いつものことだが、言葉に甘えて遠慮なく帰ることにした。

アサ子が気を利かせて呼んでくれたタクシーに乗り込む。角を曲がって夫の実家が見えなくなるとすぐにバッグからタバコを取り出した。

「日香里、ごめんね。こんな狭い車内で悪いんだけど、もう我慢できないのよ」

タバコをくわえてライターの着火ボタンに親指をかける。

「お客さん、すみませんねえ。これ、禁煙車なんですよ」

バックミラーを通して運転手と目が合った。

「あら……ごめんなさい」

タバコを箱に戻す。

「何度も言うようだけど、俺の実家で吸ってもいいんだよ」

「そうはいかないわよ」

「葉子姉さんだって吸ってるわけだし、全然かまわないさ」

猛然と頭にきた。

「いいわね男の人は、お気楽で」

どう考えたって、嫁が吸える雰囲気じゃないのだ。

妻が我慢しているのだから、夫も吸わずにいてくれるくらいの心遣いがあってもいいと思う。
ニコチン切れのせいなのか、いらいらがなかなか収まらなかった。

第二章　出会い

1

ゴールデンウィークが終わった。

一週間ぶりの出社だ。休暇中は朝がゆっくりだったので、今朝は目覚まし時計の音が恨めしかった。もう当分の間、連休はないのだと思うと、地下鉄の車内の空気までが、どんよりと重く感じられる。

吊り革につかまりながら周りをそっと見渡してみた。男性も女性も揃って表情が暗いのは、休暇中の疲れが残っていることもあるだろうけど、今日からまたうんざりするような日常に戻ったことへの絶望感から来るものに違いない。そう勝手に想像をめぐらし、つらいのはひとりだけじゃないのだと思った途端、ほんの少し気持ちが軽くなった。

数年前までは、ゴールデンウィークに限らず、長期休暇の過ごし方は決まっていた。お弁当を持って動物園へ出かけたり、山や海に泊まりがけで出かけたりしたものだ。それらは、普段忙しくてなかなか日香里をかまってやれないことへの罪滅ぼしでもあった。

しかし、日香里は中学に進学したあたりから友人たちと出かけるようになり、早和子と夫は所在なくぽつんと家に取り残される形になった。さらに今年は、モデルの仕事が一日の休みもなく詰まっているらしく、毎日早朝から撮影現場に出かけていく。

そんなとき、夫が東京巡りをしようと言い出したのだ。東京で生まれ育った夫が、都心のガイドブックを買い、熱心に眺め始めた。ページをめくるごとに名所旧跡があり、どの駅で降りても必ず何かしら見どころがあることに、今さらながら気づかされた。毎日必ずどこかで演劇やミュージカルの公演が行われているし、有名なレストランに至っては数えきれない。

夫の提案で初めて水上バスにも乗った。眼下に隅田川を見下ろせるマンションに長年住んでいながら、隅田川で船に乗るのは初めてだった。浅草で下船し、夫がグルメマップで調べて予約を入れておいてくれたロシア料理のレストランへ行った。中一日おいてから、歌舞伎を観に行き、帰りに六本木ヒルズの展望台で夜景を眺めてからフレンチを食べた。夫が、雑誌やインターネットでレストランを予約するときは、必ず喫煙席のある店かどうかを調べておいてくれたので、どの店へ行っても、ゆったりとしたいい気分でタバコを吸うことができたのだった。

日香里が自分たちと休暇を過ごさなくなったことを寂しいと思う反面、しみじみと喜びを感じてもいた。というのも、今までは日香里のためだけに使ってきた長期休暇を、これからは自分自身の楽しみのために使えるようになったからだ。

動物園、水族館、遊園地、牧場、キャンプ……。それらへは、まさに子供のためだけに行っていたということに、あらためて気づかされていた。どこも本来好きではないということさえ忘れていたのだ。

——これからも夫婦でいろんなところへ行ってみようよ。俺、東京生まれなのに、東京タワーも登ったことないし、たくさんある名所旧跡もほとんど行ったことがないんだ。レストラン巡りもラーメン店巡りも、おいしいコーヒーを淹れる喫茶店巡りもしてみたい。だいたい俺、絵本作家なのに、美術館だってもう何年も行ってないよ。

子供が成長するということは、こういうことなのだ。成長の証である親離れをともに喜び合い、再び自由が手もとに戻って来た嬉しさを分かち合った。

楽しかった休暇は、あっという間に終わってしまった……。

出社するのは六日ぶりだったが、カフェに立ち寄る習慣は身に沁みついているのか、改札を出ると無意識のうちに足がそちらへ向かっていた。

自動ドアが開く。

店の奥へ目をやると、久美がタバコを指に挟んだまま笑顔で手を振ったが、由利子の姿は見当たらなかった。

カウンターでコーヒーを受け取り、久美のいるテーブルに向かう。

「早和さん、おはようございまーす」

「おはよう、久美ちゃん。由利ちゃんはまだなの？　いつも早いのに珍しいね。もしかして今日はお休み？」

由利子がリサイクル事業部へ移ってからというもの、由利子とは朝のカフェか、灯油缶のある駐車場でしか会わなくなっていた。しかし、久美は由利子とはメル友らしく、彼女のプライベートをよく知っている。

「違うんですよ。本人からのメールによると、タバコをやめたからもうここへは立ち寄らないらしいです」

「えっ？」

あまりの衝撃にタバコを持つ指先が震えた。

久美は、たいしたことではないと言ったふうに、煙を口から吐き出しながら、のんびりと店内を見まわしている。

「由利ちゃんが……タバコやめたんだ……知らなかった」

声が消え入りそうになる。

どうして？

どうしてそんなに簡単にやめられるわけ？

なぜ自分だけがやめられないの？

動揺を悟られないように、急いでタバコに火を点けた。

「ねえ、久美ちゃん、由利ちゃんたら急にどうしたんだろ。やめたいなんてひと言も言ってなかったよね」

「リサイクル事業部に異動になって、心機一転したらしいですよ」

由利子が、時代を先取りする部署に異動になったこと自体、羨ましくて仕方がなかったのに、そのうえタバコまでやめることができたとはショックだった。急に彼女が手の届かない遠くへ行ってしまった気がした。自分のようなダメ人間は、みんなからどんどん置き去りにされてしまう。

「で、由利ちゃんはいつからタバコやめたの？　ゴールデンウィークに入る前の日は、確かここでも吸ってたし、駐車場の灯油缶のところでも吸ってたよ」

「聞くところによると、連休の初日からだそうですよ。これでとうとう早和さんと私だけになっちゃいましたね」

明るく言ってのける久美を、不思議なものでも見るような思いで見つめた。

きっと久美は、本気になればすぐにでもやめられると簡単に考えているのだ。真剣に禁煙に取り組んだことがない人間にありがちな甘い考えだ。だからこんなに平然としていられるのだ。

「由利さんが禁煙したと言っても、まだほんの六日間ですけどね」

タバコを指に挟んでいない方の手で、久美は指を折って数える。

由利子が禁煙に成功したなんて……。

絶対に認めたくない。

でも、六日間も吸わずにいられたのなら、禁煙は成功したも同然なのだ。最初の三日か四日でニコチンは完全に身体から抜ける。だから、最初の四日間が最も苦しいのだと、どの禁煙本にも書いてある。その期間さえ乗りきれば、あとはグッと楽になるのだと。

自分はこの二十年もの間、そのたった四日間が我慢できないでいるのだ。いや、一日でさえ我慢できたためしがない。吸わないと決めた途端に猛烈に吸いたくなるからだ。

ああもう本当に情けない……。

「行楽シーズンにタバコをやめられるなんてすごいね。だって、旅行したり家でのんびりしたりすると、いつもよりたくさん吸いたくなるのが普通だよね」

「私は逆ですよ。平日よりも土日の方が本数は少ないですもん。だって、会社に来なくていい分、ストレスも溜まらないですから」

「そうか、人それぞれね。久美ちゃんみたいな人の方が多いのかなあ」

早和子の場合は、会社にいればいたでストレスが溜まって吸いたくなるし、かといって休暇中は一日中でもコーヒーを飲みながらタバコを吸い続けてリラックスしたい。要は、やめやすいタイミングなどないのだ。

「由利ちゃんはどういう方法で禁煙したんだろうね」

わざとゆったりした調子でしゃべった。気をつけないと、藁にも縋《すが》る思いが声にも顔にも出てしまいそうだったからだ。

由利子に出し抜かれた焦りは大きかった。

でも、見方を変えれば、希望の光が見えたとも言えるのでは？

だって、由利子の方が一日に吸う本数も多かったし、喫煙年数も長いからだ。そんなヘビースモーカーの彼女がすっぱりとタバコをやめられたということは、彼女と同じ方法をとれば、やめられるかもしれないということだ。

「あの本、なんて言いましたっけ、……あっそうだ、『誰でも成功する禁煙』ですよ」

「えっ？」

自宅の本棚にある背表紙が頭に浮かんだ。上から二段目の左端にあるその本は、何度も繰り返し読んだせいで、ボロボロである。本にマーカーを引いたり、書き込んだりすることは普段はないのだが、その禁煙本だけは特別だった。タバコを吸う人間の心理が憎らしいほど解明されていて、ともかく素晴らしい本なのである。感動しながら何度も何度も繰り返して読んだのだ。

でも……タバコはやめられなかった。

「私は読んだことないですけど、ベストセラーになったらしいですね。由利さんが言うには、あれを読めば誰でもやめられるんですって。早和さんは、その本知ってます？」

「そういえば、どこかで聞いたことがあるような……だけど、誰でもやめられるってことはないでしょ」

「そりゃそうですよね。百人中百人がやめられる本なんて、あるわけないですよね」

「そうそう、そうだよね」

安心感が広がる。

「だけど、由利さんに言わせると、普通の人ならやめられるそうですよ。あの本を読んでもやめられないような人は、稀に見るほど意志の弱い人間ですって」

あははと声を出して、おかしそうに笑ってみせた。

やはり自分は、稀に見る意志薄弱な人間だったのだ。由利子は同類ではなかった。

悔しいけどやっぱり由利子は立派だ。もしも一箱千円になったら即刻やめると言いきっていただけのことはある。彼女はタバコすらやめられないような弱い人間ではなかったらしい。自分がダメ人間だからといって、周りの喫煙者も同じような愚か者だと思っていた自分が、実は真の愚か者だったのだ。

いや、本当にそうか？

ニコチンの依存度というのは、人それぞれのはず。

こんな根本的なことをなぜすぐに忘れてしまうのだろう。

そうだ、由利子はきっと依存度が低かったのだ。

きっとそうだ。

喫煙本数とニコチン依存度が正比例するわけではないのだから、そうに違いない。そうでなくては納得がいかないではないか。

「私も買ってみようかと思うんですよ、その本」

「えっ？　久美ちゃんもタバコやめるの？」

「やっぱ最近の風潮には抗えないでしょう。早和さんもその本、読んでみたらいかがですか？」

「そうねえ、考えてみるわ」

とうとう、最後のひとりになってしまう。

久美も禁煙に成功すれば、あの灯油缶へ通う女は自分だけになる。

恥ずかしい。

ああ、みっともない。

どうしよう。

今日家に帰ったら、『誰でも成功する禁煙』をもう一度読み返してみよう。久しぶりに読み直すことで、見落としていた微妙なニュアンスがつかめるかもしれない。新しい発見がきっとあるはずだ。そのためには、今日は定時に帰りたい。


その日は朝から張り詰めた気持ちで集中して仕事をした。昼食の出前の取りまとめ当番だったので、すぐに回覧をまわし、そのあと給湯室に走り、台拭きを洗濯した。

昼休みのチャイムとともに、持参の弁当を十分で食べ終えたあと、化粧室へ駆け込んで急いで歯を磨いた。そのあとすぐにエレベーターで駐車場へ下りると、タバコを立て続けに二本吸った。昼休みの終了までまだ三十分以上あったのだが、急いで席に戻り、夕食の献立を考えてメモ帳に書いたあと、すぐさま上司に頼まれていた書類のファイリングに取りかかった。

その作業が一段落したとき、無性にタバコが吸いたくなった。時間がもったいないとは思うが、吸わないと生きていけないのだから仕方がない。

勢いエレベーターまで小走りになった。そこにちょうど居合わせた同期の沢口礼二《さわぐちれいじ》が、顔を見るなり噴き出した。

「早和ちゃん、タバコ吸いに行くぐらいで、血相変えて走るなよ」

カチンときた。

「そういうあなたは、タバコやめたわけ？」

「やめられるわけないだろ」

「じゃあどこで吸ってるの？」

沢口はにやりと笑って答えない。

「ああいやだ、ずるい」

「ずるい？　俺が？　なんでだよ」

まずい。誰でもいいから攻撃したい気分になっている。

今朝いちばんで、由利子がタバコをやめたことを知ってからというもの、ストレスが溜まりに溜まって、もう許容量を超えてあふれ出しそうなのだ。要注意である。

落ち着かねば。

唇を固く結び、エレベーターの階数を知らせる電光掲示板を見つめた。

この男は敏感で頭も切れるし、常に強気だ。同期の中で部長代理にまで昇りつめているのは彼だけである。

「そういえば、年貢の納めどきというか、実は俺、来月結婚することになったよ」

「へえそうなの、おめでとう」

あからさまに興味のないふりをして腕時計に目をやった。

最近の沢口は、何かにつけ、話題を結婚へ向けたがるらしい。そのことは、社内の噂になっていた。

「忙しいのにほんと参っちゃうよ。彼女、結婚生活に夢を描いているみたいでね、コーヒーカップひとつ選ぶのに何軒もつきあわされるんだぜ」

沢口は質問してもらいたがっている。どんな女性と結婚するのかと。

相手の女性が二十六歳の若さであることが、四十歳をいくつか過ぎた彼のいちばんの自慢であることは、今やビルの守衛までが知っているらしい。

エレベーターに乗り込むと、狭い空間に二人だけになった。

「タバコは部長室で吸えよ。その方が人目につかないし、若いやつらの手前だって面目を保てるだろ」

心が揺らいだ。

確かに駐車場は人目につく。しかし、それではあまりに卑怯な気がした。

「沢口くん、そういう小さなことでも部下の信頼を失うことがあるよ」

忠告すると、彼はさもおかしそうに笑った。

「大げさだよ、タバコくらいのことで。相変わらず生真面目だな」

五階に着くと、沢口はエレベーターを降りた。外国映画でよく見るように、後ろ姿を見せたまま片手を挙げて手を振る。

エレベーターが閉まった。

気をつけなきゃ。

彼は同期の中で出世頭なのだから、いつ自分の上司になるとも限らないのだった。彼の下で働くなんて真っ平ごめんだけど、定年まで勤め上げるためには、そんなこと言ってられない。

だとすれば……婚約者の年齢くらい尋ねてやればよかったのだ。

大人げなかったかもしれない。

だけど、機嫌を取るのも癪《しゃく》に障る……。

ああ、やっぱり鬱陶しい男だ。

早くタバコが吸いたい。

一階でエレベーターを降りると、駐車場へ向かって走った。

2

とにかく今日は早く帰りたい。

一刻も早く『誰でも成功する禁煙』を読み返したいのだ。

あと十分で定時だ。仕事の手を止め、明日の段取りをこと細かくノートに書き出す。中途半端に残業するよりも、今日やったことを踏まえて明日すべきことを計画しておく方が効率がいい。

献血車が来るのを知らせる回覧は、明日でも十分間に合うから今日はやめ。

それに、〈昼休みはなるべく節電にご協力ください〉の回覧て、今回でいったい何度目？　これは来週でいい。

それと、課長から頼まれていた取引先へのお土産の手配も明日で十分間に合う。

帰る間際になってから予定外の仕事が舞い込まないようにと祈る。いかにも帰りを急いでいるふうに、机の上をせかせかと片づけ始める。そんな様子を、遠目に見ている社員数人が視界の隅に入ったが、幸運なことに話しかけてくる者はいなかった。

もうすぐ家に着く。

やっとタバコが吸える。

駅からの道を、自宅に向かって歩いていた。

そのとき、タッタッタと軽快な足音が背後をよぎった。振り返ると、思ったとおり宅配便の配達をしている女性だった。五十代だろうか。贅肉《ぜいにく》のない身体からバイタリティがあふれている。

かっこいい。

しばし後ろ姿に見とれた。

身のこなしは、まるで少年のようだった。きっとタバコを吸わない人だ。自分のような不健康な人間とは次元の違う世界で生きている。

帰宅後、Tシャツとジャージに着替えてから、手早くベランダの洗濯物を取り込んだ。毎朝、早和子が出社したあと、夫が洗濯してくれている。午前中は、夫が家にいることが多いからだ。そのかわり、夜になって取り込むのは早和子の担当である。

台所へ入ると、昼休みに書いたメモをマグネットで冷蔵庫に留めた。

――生協の冷凍ひじき豆腐ハンバーグ×4。

つけ合わせ↓ブロッコリーの塩茹で、トマト。

味噌汁↓ワカメ、たまねぎ――

タバコに火を点けて、メモ用紙を眺める。

やっぱり、この献立より……いや、ここで迷ったり変更したりするのは厳禁だ。夕方になってから食べたいものが変わるのはよくあることだ。しかし、ここでメニューを変えると悲惨なことになるのは長年の経験でわかっている。今は頭も身体も疲労しているのだから、余計なことは考えないのがいちばんなのだ。

昼休みに、冷蔵庫の中身を思い浮かべ、栄養のバランスも考えて夕食のメニューを決めたはずだ。何よりも短時間でできることを優先して考えた。甘味の勝った玉子焼きを食べたい気持ちを追い払う。今はひどく空腹だし、疲れているから甘いものが食べたいだけなのだ。

このメニューで間違いはないのだと自分に言い聞かせながら、鍋に水を入れ、煮干しをひとつかみ放り込む。ハンバーグは凍ったままフライパンで焼けばいいだけ。冷凍食品の割にはおいしくて、この和風の味付けを夫も気に入っている。そして、日香里のカロリー計算にも耐えうるはずだ。

フライパンを熱してから、油を引かずに冷凍庫から出したばかりのハンバーグを四個入れた。三人家族なのになぜ四個も焼くかといえば、余分の一個を半分に切って、明日の日香里と自分の弁当に入れるためだ。

日香里の高校は弁当持参の決まりがあるので、ついでに自分のも作るようになった。会社に弁当を持っていくと、昼休みの一時間が有効に使える。外に食べに出た場合、ランチタイムはどこの店も混んでいて待たされることが多い。そうすると、昼休みが終了する間際に会社に戻って来ることになり、歯を磨いたり化粧直しをしたりする時間がなくなる。いや、本当はそれよりも何よりも、タバコを吸う時間が取れなくなるのだ。そういうときは、タバコをあきらめてとりあえず自席に着くのだが、五分もしないうちに駐車場へ足を運ぶことになる。そうすると、タバコを吸わない課長の視線が背中に突き刺さる。それが嫌で、弁当を持参することにしたのだった。

ブロッコリーを茹でるため、小さめの鍋を火にかけた。その間にワカメについている塩を洗い流し、細かく刻んでおく。

カウンターに弁当箱を二つ並べた。どちらも小振りの二段重ねである。おかずは夜のうちに弁当箱に詰めて冷蔵庫にしまい、朝はご飯を詰めるだけにしている。

アルミホイルでできた小さな容器に、冷蔵庫に残っていた昆布入り煮豆をスプーンですくって入れる。あとはハンバーグを半分ずつとブロッコリーとプチトマトだ。入れてみてまだ隙間があるようだったら、リンゴかゆで玉子で埋めようと決める。

湯が煮立ったので塩を入れてブロッコリーを茹でる。その手前のコンロでは味噌汁を作る。その隣のコンロではフライパンでハンバーグを焼いている。三つのコンロを同時に使うと、夕飯ができ上がるのも早い。

一家の主婦としての家事歴も長くなると、簡単に済まそうと思えば何ごともそうできるようになった。

二十代だった頃は、そううまくはいかなかった。特に疲労が激しい夏の帰路には、必ず素麺《そうめん》が頭に浮かんだものだ。市販の麺つゆが冷蔵庫にあったはずだから簡単に済ませようと決める。でも帰宅後、素麺を茹で始めてから、薬味が何もないことを発見する。それに、幼い日香里の栄養を考えると、野菜も肉も魚もないような食事はいけないと気づく。素麺は単に米の代わりでしかない。おかずは別に必要なのだ。

何を作ろうかと疲れた頭で冷蔵庫をもう一度開けてみるが、めぼしい材料がない。仕方がない。野菜のかき揚げでも作るかと、天ぷら鍋を用意する。のろのろと台所仕事をしていると、夕飯ができあがった頃には、一時間半が経過してしまっている。素麺で簡単に済ませようと思っていたのに、結局はいつもの三倍の時間がかかってしまった。お腹が空いたと言ってまとわりついてくる幼い日香里を邪険に追い払い、自分は換気扇の下でタバコを吸う。そう、そんなときもタバコだけが慰めだった。

まだ若かった頃の要領の悪さを思い出していると、急に切なくなってきた。なぜもっと日香里に優しくしてやれなかったんだろう。なぜあんなにもいらいらしたんだろう。穏やかで優しい母親像からはほど遠かった昔を思い出すと、タバコを吸わずにはいられなくなった。

急いでタバコに火を点ける。深く吸い込むと、それまでの悲しみが一瞬にして消えてなくなった。毎度のことながら、タバコはまるで魔法のようだと思う。

個人宅配サービスが始まったのをきっかけに、生協に入会した。そして、一品か二品は必ず出来合いの惣菜——今夜の冷凍ハンバーグのようなもの——を注文することにしている。若い頃と違って、手抜きも上手になり、ここにきてやっと家事全般に慣れてきたのだと、時の流れの重みを感じる。

「ただいま。ああ、お腹空いた。いい匂いだと思ったらやっぱりね」

日香里が制服姿のままフライパンの蓋を取り、フライ返しでハンバーグをひっくり返す。背が高いだけでなく手も大きいので、フライ返しが小さく見える。

「そろそろブロッコリーをザルに上げてちょうだい」

「まだ固そうだよ、お母さん」

「いいのよ。余熱で柔らかくなるわ。水に浸しちゃダメよ。味が落ちるから」

台所を日香里に任せると、早和子は風呂の用意をしに浴室へ向かう。

台所へ戻ってくると、ご飯が炊き上がったことを知らせる電子音が鳴り響いていた。

夫の分にラップをかける。夫は絵本教室の夜間部があるために帰宅は遅く、平日の夕飯は日香里と二人だけである。

「いただきまーす」

日香里と向かいあって食べた。

「今日の英語の時間、最悪だったの。まさか当てられるとは思ってなかったんだもん」

日香里はおしゃべりだ。そのおかげで、学校やモデル事務所の様子がこと細かにわかり、母親としても安心である。

夕飯を済ませると、日香里は「そろそろ中間テストなんだよね」と言い置いて、汚れた食器を流しへ運ぶと、自室に引き上げていった。

換気扇の下に置いてある踏み台に座り、タバコに火を点けた。

日香里がこれといった問題もなく成長してくれたおかげで、順調に自分の時間が増えつつある。今日一日の残り時間は全部、自分のものである。汚れた食器は洗剤を入れた桶に浸けておけばいい。遅く帰る夫が食事をしたあと、まとめて洗ってくれることになっているからだ。

タバコを灰皿に押しつけて立ち上がる。マグカップにカフェオレをたっぷり用意して寝室へ行き、ベッドに寝転んで『誰でも成功する禁煙』を開いた。

冒頭に、ニコチン依存度チェックが出てくる。禁煙本のほとんどに似たようなチェック表が載っているから、今まで何度繰り返したかわからない。だけど、今回は由利子という身近な人間が、この本で禁煙に成功したというのだから、もう一度チェックしてみる価値はある。

まだ九時前だというのに眠くなってきていた。早く帰宅するために、朝から根を詰めて仕事をしたせいだ。そのうえ帰宅後も休む間もなく家事をこなし、一日の体力を早々に使いきってしまった感がある。

眠くなってたまるかと、頬を叩きながらページをめくった。

【ニコチン依存度チェック】

一、あなたは起床してから何分後に最初の一服を吸いますか?

A．十分以内　B．十一分～二十九分以内　C．三十分以降

考える余地もない。目覚めたベッドの上ですぐに吸うのだから十分以内どころか、一分以内だ。

だから、A。

もう長年の習慣になっているし、タバコを吸わないと、はっきりと目が覚めないのだから仕方がない。それというのも、常に疲れが溜まっているせいだ。毎朝、目覚まし時計と携帯電話のアラーム機能の二つにお世話になっている。そうしないと、起きることができない。考えてみれば、すっきりと目覚めたことなど、もう十年以上もないような気がする。人間だって動物なのに、こんな不自然な生活でいいのだろうか。

二、禁煙区域で喫煙を我慢することが難しいですか？

A．はい　B．たまに　C．いいえ

なんなのよ、この設問。

Aに決まってるじゃない。だから、吸い溜めが必要になってくるわけよ。吸い溜めすることに意味がないことも知っているけれど、医学的根拠がどうあれ、精神的には必要なことなのだ。気分が悪くなるまで吸って吸って吸いまくってからでないと、その禁煙区域に近づくことができない。この設問を作った人間は、いったい何を考えてんの？

三、タバコがいちばんおいしく感じられるときは一日の中でいつですか？

A．朝起きてすぐ　B．食後　C．特に決まっていない

そりゃあ朝起きてすぐ吸うときに決まってる。そうでない喫煙者などこの世の中にいるのだろうか。眠っている間は吸っていないわけだから、朝は最も禁断症状が強いのだ。

あれ？

なぜ睡眠中はタバコを吸わずにいられるのだろう。そんなこと今まで考えたこともなかった。休日に朝寝坊をするときは、八時間も九時間も眠っている。これは不思議なことだ。タバコが吸いたくて夜中に一時間ごとに目覚めるなんていう話も聞いたことがない。

眠ってさえいれば吸わずにいられる⁉

もしかして最初の四日間さえ眠り続けることができれば、禁煙なんて簡単なのでは？でもどうすれば眠り続けることができるのだろう。いや、そんなことは不可能だ。しかし、少しでも長く睡眠時間を取ることができれば、その分、我慢する時間もきっちり減ることになる。

なんだか大きなヒントを得たような気がした。

Aをマルで囲む。前回も前々回も、いや、この本を買ってから、いつだって答えは同じだから、Aの周りは真っ黒だ。

それにしても、BやCにマルをつける喫煙者がいることが信じられない。そういう人は、朝起きたとき、タバコを吸わずに朝ごはんを食べることができるのだろうか。だとしたら、その人はニコチン依存度が低いと思う。すぐにでも禁煙できるのではないか。羨ましい。

四、一日に何本吸いますか?

A. 三十本以上　B. 十六本~二十九本　C. 十五本以下

多いときで二箱だから四十本、少ないときで三十本くらいかな。

これもAだ。

二十代の頃は、一日で一箱がなくなるということはなかった。それなのに、本数が増えていることをあまり意識したことがないのはなぜか。二十年もかかって二十本増えたとしたら、一年に一本ずつ増えたという計算になる。きっと、増え方があまりにゆるやかだから、気がつかなかったのだろう。

五、午後より午前中により多く吸いますか?

A. はい　B. いいえ

たぶん午前中の方が多いと思う。特に最近は、午前中は吸っても吸っても満足感が得られない。以前はこんなことはなかったのに、いったいどうしてしまったのだろう。もしも今、会社の自席でタバコが吸える時代にタイムスリップしたならば、午前中はタバコの火が消えることのないチェーンスモーカーになっていると思う。

六、病気で寝ているときもタバコを吸いますか？

A. はい　B. いいえ

もちろん吸う。風邪を引いて熱が出て咳が止まらないようなときでも吸わずにはいられない。そんな程度のことで吸いたくなくなるのなら、とっくにやめている。

七、いつも吸っているタバコのニコチンの量はどの程度ですか？

A. 強（ニコチン含有量一・三ミリグラム以上）

B. 中（ニコチン含有量一・〇～一・二ミリグラム）

C. 弱（ニコチン含有量〇・一～〇・九ミリグラム以下）

タバコの箱を見てみた。ニコチン〇．五ミリグラムと書いてある。Cだ。

軽いタバコに切り替えた直後は、空気を吸っているのかと思うくらい頼りなく感じた。今でも、頬をへこませるようにして力いっぱい吸わないと、吸った気がしない。軽すぎるためか、吸い終わっても満足感が得られない。だから何本も立て続けに吸う。軽いものに変えるたびに、本数が増える人が多いというのも、もっともなことなのだろう。

それに、軽いタバコに替えるたびに、喉から聞こえるぜいぜいという音が大きくなっているように思えてならない。もしかして、強いタバコの方が却っていいのでは？

八、煙を深く吸い込む頻度はどのくらいですか？

A．いつも　B．時々　C．めったに

質問の意味がわからない。深く吸い込んでいない喫煙者がこの世の中にいるということか？　毎回吸うたびに深く吸い込んでいるのは自分だけ？

ふかしているだけの人間なら、今すぐにでもやめられるのではないだろうか？　そもそもそういう人が、なぜタバコを吸い続けるの？

BやCと答えるようなふざけた人間に、腹を立てていた。心底羨ましくもあった。

【採点方法】

Aは4点、Bは2点、Cは1点として加算しましょう。

【結果】

十〜十五点――――ニコチン依存度は【低】です

十六〜二十点――――ニコチン依存度は【中】です

二十一〜三十二点――――ニコチン依存度は【高】です

何度やっても同じだ。合計は二十九点である。ニコチン含有量の少ないタバコを吸っているので、かろうじて満点の三十二点ではない。

タバコをあっさりやめられた由利子は、きっと依存度が低かったのだろう。そう思わずには、自分が惨めでたまらなかった。その惨めさを薄めるために、本を閉じて新しいタバコに火を点けた。

「ねえ、ねえ、お母さん、ちょっと来て、早く早く！」

リビングの方から日香里の大声が聞こえてきた。

何ごとかと思い、火を点けたばかりのタバコを揉み消してから急いでリビングへ走った。

「どうしたの？」

日香里はソファに座って、テレビを指差していた。

「もうすぐ中間テストでしょ。テレビなんか見てたの？」

「休憩だよ、休憩。そんなことより見てよ、この女の人」

テレビを見て驚いた。

「あらまあ、あのときの女の人じゃないの」

「やっぱりそうだよね」

いつだったか、新宿駅のホームで痴漢を捕まえた女性がテレビに出ていた。

「なんの番組なの？」

「今テレビつけたばっかりだからよくわかんないけど、お医者さんみたいだよ」

「医者？　やっぱり立派な人だったのね。私と同年代の女性で医者になろうっていうんだから、正義感が強いわけだ」

ベージュのスーツ姿で、背筋をピンと伸ばしてアナウンサーの質問に落ち着いて答えている。

――どういった診療になるのでしょうか？

――やはり、心理面でのサポートが重要な鍵となります。

「この人、心療内科なのかな」

「たぶんね。それにしても素敵な人だったね」

痴漢を駅員に突き出したときの、凜《りん》とした姿を思い出し、自分と同年代であるにもかかわらず、憧れに似た気持ちを抱いたのだった。

そのとき、画面の下にテロップが出た。

〈三浦志保《みうらしほ》。国立A大学医学部卒業。現在同大附属病院で内科医を務める。担当する禁煙外来が評判を呼んでいる〉

禁煙外来!

目が釘づけになる。

「お母さん、禁煙外来だってさ」

日香里が腕を強くつかんで揺さぶる。「お母さん、この人の病院に通ってみたら?」

どうする?

自分に問いかけてみる。

また挫折するかもね。

だけど、どんなことでも、チャレンジするのはいいことなのでは?

それはそうだけど……でも、今までの経験からしても、挫折するのは目に見えている。

——ダメでもともと。

度重なる禁煙の失敗から得た教訓のひとつだった。最後の手段だと思うと、失敗したときの絶望感が大きいことを過去の経験から知っている。どうせ何をやってもダメな人間なのだと思い、なかなか心理的な落ち込みから這い上がれなくなる。

次々と教訓だけは得るのだが、いまだ禁煙には成功しない。

だったら、そう深刻に考えないで、気軽な気持ちで通ってみたら？

で、通院するとしたら、いつからにする？

時期については、また今度ゆっくり考えよう。

いや、待てよ。そんなのんびりしたことを言っていたら、すぐに五十歳になり六十歳になり、結局は一生涯タバコをやめられないのでは？

この女医を駅で見かけたのも何かの縁かもしれない。この人の指導なら、どんなことでも素直に聞くことができる気がした。だって、強面《こわもて》の痴漢男に立ち向かう勇気を持った、正義感あふれる女性なのである。

この人ならきっと自分を向こう側の人間——タバコを吸わない世界の住人——に生まれ変わらせてくれるに違いない。

この人についていこう。

この人に従おう。

そう決めると、むくむくと闘志が漲《みなぎ》ってきた。

――それではここで、三浦先生の禁煙外来に通われた患者さんからのお便りをご紹介いたします。最初は五十四歳の女性です。この方は喫煙歴三十六年です。

『タバコの害や禁煙のコツについていろいろ教えていただきました。くじけそうになったとき、三浦先生の温かい言葉が励みになったんです。野菜と果物中心のメニューは、タバコをやめやすいだけではなく、健康や美容にもいいので、今でも続けています。部屋や衣類だけでなく、ワンちゃんの毛からもニコチン臭が消えて、さわやかな気分で生活しています。三浦先生、本当にありがとうございました』

アナウンサーが手紙を読む声が流れる中、テレビ画面は三浦志保をアップで映し出した。柔らかに微笑んでいるが、あの優しさの中には強さが隠れているのだ。なんて素晴らしい女性なのだろう。

――次に、四十五歳の男性のお便りをご紹介いたします。喫煙歴二十年の方です。

『三浦先生のおかげで、やっとタバコをやめることができました。本当に感謝しております。私は四十歳を過ぎてから急激に太り始め、それと同時に血圧も高くなり、かかりつけの医師からタバコをやめるようにと再三注意を受けておりました。にもかかわらず、どうしても禁煙できず、藁にも縋る思いで禁煙外来のドアを叩いたのです。私は営業職のサラリーマンですが、一日四十本以上吸っていました。健康によくないことはわかっていましたが、タバコがなければ生きていくことすらできませんでした。自分の人生がタバコに支配されていると思うと、惨めでたまらず、心底やめたかったのです。三浦先生の、親身で具体的な指導や、タバコを吸い続けることで起こる悲惨な病状の説明など、たくさんのことを教えてもらったおかげでタバコの奴隷から解放されました。心から感謝しています』

タバコの奴隷とはうまいことを言うものだ。この男性の言う通りだ。自分の人生もタバコに支配されている。生活がタバコを中心に回っているのだ。

「お母さん、どう思った？」

「二人とも私よりニコチン依存度が高そうね。そんな人でもやめられるってことは、ひと筋の光明が差したって感じ」

「うん、いい感じだよね、ほんと」

——三浦先生は、全国各地で禁煙に関する講演活動をしていらっしゃいます。先生、本も出していらっしゃるのですか？

「本？　メモしなきゃ」

メモ用紙とボールペンを急いで引き寄せる。

——小冊子程度のものを差し上げておりますが、本は出版しておりません。禁煙は人それぞれの生活に即した具体的な指導が必要ですから、一般論ではなかなか役に立たないからです。それと、言い忘れましたが、私どもの禁煙外来はインターネットからでも予約できます。

ホームページのアドレスがテロップで流れた。急いでメモを取る。

番組終了後、寝室のパソコンからインターネットで病院の所在地と診療時間を調べた。ちょうど番組が終わったばかりで、全国からのアクセスが殺到しているのだろう。予約申込みの画面にはなかなかつながらない。

少し時間を置こう。タバコに火を点けて、思いきり吸い込んだ。

ああ、おいしい。

タバコをおいしいと感じたのは久しぶりだ。それというのも、三浦志保に従えば、タバコともおさらばできる日が来ると確信したからだろう。

二本立て続けに吸ってから台所でコーヒーを淹れなおし、部屋へ戻ってもう一本吸う。パソコンの前に座り、もうそろそろ空いた頃かと予約ボタンをクリックしてみると、今度はつながった。

申込み画面には、住所氏名のほかに、生年月日や喫煙歴、禁煙チャレンジ歴などを入力する欄がある。くわえタバコのまま、それらを素早く打ち込んでから、希望する曜日の欄に「土曜日」と入れて送信すると、しばらくして画面が切り替わった。

〈大変申し訳ございません。只今、順番待ちとなっております。あなたの場合、予約可能日は来年九月三日からとなりますが、予約されますか?〉〈はい〉〈いいえ〉

えっ? 来年の? 一年四ヶ月も先じゃないの。

奮い立っていた気持ちがいきなりしぼんだ。

「どう? 予約できた?」

日香里が部屋に入って来て、背後からパソコンを覗き込む。

「ありゃりゃ、ずいぶん先だね。どうするの、お母さん」

「そうねえ……」

せっかくのやる気が完全に萎えてしまっていた。

どう考えても、そんな先に予約を入れる気にはなれない。もしも予約してしまったならば、今日からそれまでの間は、今までどおりタバコを吸い続けることを自分に許すことになる。

いや、待てよ。今まで二十年間やめられなかったのだから、このままいけば、たぶん一生涯やめることなどできないだろう。それを考えれば、一年四ヶ月くらい、どうってことないのでは?

テレビ番組が終わってから、この一時間の間に、いったいどれくらいの人が予約したのだろう。混み合っているからといって、のんびりタバコを吸っている場合じゃなかったのだ。予約画面にたどり着けるまで、あきらめずに何度でも予約ボタンをクリックすべきだった。

本当に何をやってもついていない。

やっぱりやめよう。

縁がなかったということなのだ。

心にずっしりと錘《おもり》をつけられたような暗い気持ちになった。

溜息をつきながら〈いいえ〉をクリックした。

「お母さん、土曜日は無理なんじゃない？　サラリーマンが殺到するでしょう。ためしに平日にしてみたら？」

「そりゃあわかってるけど、私だって勤めてるわけだし、このためだけに有給休暇を使うのもねぇ」

本気で禁煙に取り組むのなら長期戦を覚悟すべきだと思う。一回や二回の通院で禁煙できるはずがない。だとすると、際限なく有給休暇が取れるわけではないのだから、やはり会社が休みの日でなければならない。

「なんだかね」

もう何もかもいやになってきた、と言いそうになり、慌てて口をつぐむ。子供の前で後ろ向きの発言はしたくない。

それにしても、なんと運が悪いのだろう。せっかく希望の光が見えてきたと思ったのに。

「女医さんが痴漢をつかまえたときのことを、ここに書いてみたら？」

日香里が画面の下の方にある特記事項の欄を指で差した。

「なんのために？」

「目に留めてくれるかもよ」

「そんなの有り得ないよ。予約の順番待ちはコンピュータで処理してるんだもの。人間がいちいち内容を読んだりしてないよ」

「それはそうかもしれないけど、あのときの感動を伝えたいっていう気もするし……」

日香里の気持ちはわかる気がした。日本の大人たちが、みんなこの女医みたいに、自分の危険を顧みずに不正を正そうとしたらどうだろう。若者が大人を信じる世の中になるのではないだろうか。

迷いながらも、駅で目撃したことと、感動したことを特記事項の欄に書き込んでみた。

送信したあと、二人して画面を覗き込むが、なかなか画面が切り替わらない。

「お母さん、また混み始めたのかな」

「そうみたい。今度は十年後の日付が出てくるかもよ」

溜息混じりに言うと、ふっと画面が切り替わった。

〈五月十六日土曜日から予約可能です。予約されますか?〉〈はい〉〈いいえ〉

「え? 来週の土曜? お母さん、これどうなってるの?」

日香里と顔を見合わせる。

迷わず〈はい〉をクリックしようとすると、「ちょっと待って、ここに医者の当番表があるよ」と日香里に腕をつかまれた。

あの女医が診察する日に行かなければ意味がない。日香里の指差した箇所をクリックすると、当番表のウィンドウが開いた。それによると、禁煙外来の医者は三人もいるようだ。

「土曜日はあの先生だよ、ほら、三浦志保って書いてある。お母さん、よかったね」

今度こそ迷わず〈はい〉をクリックした。

ほっとしてタバコを吸おうとしたら、最後の一本だった。

明日の朝のタバコがない!

そう思っただけでパニックに陥りそうになった。すぐ近所にコンビニが三軒もあるのだけれど、どの店もタバコを置いていない。それは、近所に昔ながらのタバコ屋があるからで、販売許可の距離制限に引っかかるからだ。しかし、そのタバコ屋が夕方五時に店を閉めるのだ。

自動販売機なら、マンションを一歩出れば、道路脇に何台も置いてある。だけど、成人を識別するタスポというカードがないと買えない。タバコをやめるつもりでいるのに、カードを作るのもいかがなものかと思い、ぐずぐずといまだに作っていないのだ。

となると……駅の反対側にあるコンビニまで行かなきゃならないってことだ。遠い……。

その前に、夫がアトリエとして使っている部屋をのぞいてみよう。もしかしたら買い置きがあるかもしれない。

アトリエに入ると、部屋の真ん中に大きなキャンバスが据えてあった。サイドテーブルには、絵の具や筆がごちゃごちゃと置かれている。その中に、未開封のタバコが三箱もあったので、心底ほっとした。

一箱もらっていこうと手を伸ばしたとき、ノートが置かれているのが目についた。表紙には鉛筆で薄く〈夜間教室用〉と書かれている。

開いてみると、カルチャーセンターの生徒ひとりひとりの出欠や、絵の特徴、注意すべき点などがこと細かく記されている。

中には、生年月日や趣味や家族構成などが書かれている生徒もいる。その都度、知り得た情報を忘れないように書き留めているのだろう。ざっと見ると、四十代から七十代がほとんどを占めていた。もらったプレゼントのことも一覧表になっていて、日付、名前、もらった物が書かれている。なぜか値段まで書かれている物もある。その中でも、腕時計やネクタイピンなど、高価な物をプレゼントしてくれる女性は㊗と書かれていた。何人もの伯爵夫人がいるようだ。

夫も苦労しているに違いない。同情しながらノートを閉じた。

第三章　禁煙外来へ

1

いよいよ明日は禁煙外来だと思うと、緊張のために昨夜はなかなか寝つけなかった。それなのに、今朝は目覚まし時計の鳴る二時間も前に起きてしまった。もう一度目を閉じてみるが、眠れそうにない。

そうだ、タバコを吸おう。そう思い立つと、布団をはねのけて起き上がった。

朝起きるとすぐに吸うのは毎日のことだから、今さら力むこともないのだけど、今日が禁煙外来の初日だと思うと、いつもとは気分が違う。

台所へ行き、タバコを吸いながらコーヒーを淹れ、換気扇の下にある踏み台に腰をおろした。ゆったりとした気持ちでコーヒーをお代わりしながら三本吸うと、やっと本来の自分が覚醒した感じになり、背筋が伸びてしゃんとする。

いつものことながら朝は食欲がないので、何も食べずに簡単に化粧をしてから早めに家を出た。

地下鉄に乗り、五駅目で降りる。有名な国立大学に附属する病院だからか、駅の中にも地上に出てからも、あちこちに案内表示が出ている。その矢印に従って歩くと、三分もしないうちに目的の病院が現われた。これほど斬新なデザインだとは想像していなかった。朝の陽射しがタイル貼りの外壁に反射して眩しい。

しばし建物全体を眺めてから、回れ右をして幹線道路まで戻り、今度はカフェを探す。前後左右に視線を走らせると、お気に入りのコーヒーチェーン店の看板が、五十メートルほど先のところに見えた。

カウンターでコーヒーを注文し、奥の席に座る。

病院というのは、予約を入れていても長い間待たされることが多いものだ。だから、吸い溜めしておかなければならない。タバコを吸わずにいられない身体というのは、どうしてこうも不便で面倒なのだろう。

煙を吐き出しながら腕時計を見ると、予約時間までにまだ一時間近くあった。思わず苦笑する。

いつもこうなのだ。目的の場所に着く直前に、吸い溜めしなければならないから、そのためにはまずカフェを見つけなければならない。見つけるのに時間がかかったらどうしよう、目的地から離れた場所にしかなかったらどうしよう、近くにカフェが見つかっても、満席だったらどうしようと、常に心配ばかりしている。いろいろな場合を想定して逆算すると、家を出る時間がものすごく早くなるのだ。

そのおかげか、長年に亘って遅刻というものとは無縁である。しかし、そういった無駄な時間、無駄な心配、無駄な緊張……ああ、本当にもったいない。

立て続けに何本も吸った。

時間は十分過ぎるくらいあるのに、緊張のせいでゆったりとした心持ちにはなれなかった。短くなったタバコを灰皿に押しつけては、次の一本に火を点ける。それを何度も繰り返しているうちに、吐き気がしてきて、もうこれ以上吸えないとなったところで、次の一本を箱から取り出すのをやめた。

気分は最悪だが、これ以上吸えないというところまで吸ったのだから満足だった。これが完璧な吸い溜めというものである。いつものことだが、その愚かさにうんざりする。

店を出て病院に向かった。門をくぐると、青々とした芝生が広がっていて、花壇が幾何学模様に配置されている。まるでヨーロッパ王室の庭を彷彿とさせるほど手入れが行き届いていて、一分の隙もない。

正面玄関の案内板の前で立ち止まり、〈禁煙外来〉の四文字をじっと見つめた。たかがタバコをやめるくらいで病院通いをするなんて、おかしなことだ。病院に通わずにやめた人間が、世の中にゴマンといるというのに……。それに、タバコをやめたら小遣いが浮くはずなのに、こうやって禁煙外来に通うことによって余計な時間とお金を使っている。でも、見方を変えれば、それほどまでにやめられないものだと医学的に認められているということだ。喫煙者をこれほど正当化してくれるものが、ほかにあるだろうか。

今まで、こういうちゃんとした病院に足を向けなかったのは、ニコチンパッチの嫌な思い出もあるにはあるが、本当は最終兵器を使ってしまうのが恐かったからだ。ここで働く医者は、ニコチン依存症のメカニズムだけでなく、その精神状態をも研究し尽くしている。だから、本当に今度こそタバコがやめられるはずだ。

もしここでもタバコをやめられなかったら、どうすればいいのだろう。神様から、〈一生涯タバコをやめられない人間〉の烙印《らくいん》を押されたも同然だ。ニコチンパッチの失敗のときも相当落ち込んだけれど、今度失敗したらもう二度と立ち直れない気がする。

いや、そんなことはない。深刻になるのはよそう。

――ダメでもともと。

失敗したって失うものなんかない。今まで通りタバコを吸うというそれだけの話だ。気楽にいこう。

案内板の表示に従って二階へ行くと、受付の女性がピンク色の紙を差し出した。

「記入してください」

その用紙は、日常の喫煙状態の問診票で、『誰でも成功する禁煙』に載っていたニコチン依存度チェックとそっくりな内容だった。あのチェック表は、ほとんどの禁煙本に掲載されているし、ネット上でも頻繁に出てくることを考えると、信頼性の高いものなのだろう。

問診票を提出したのち、落ち着かない気持ちで待合室のソファに座った。持参した雑誌を開いてはみたものの、字面を追うだけで内容がまったく頭に入ってこない。

数分後、「岩崎早和子さん、診察室へどうぞ」と看護師の声が待合室に響いた。予約制とはいえ、もっと待たされるだろうと思っていたので、いきなり緊張感が高まった。返事をしながら慌てて立ち上がる。

ドアを開けて診察室に入ると、白衣を着た女医が、座ったまま椅子をくるりと回転させてこちらを見上げた。やはり、女の子を痴漢から助けた女性に間違いなかった。

「よろしくお願い致します」

ドアのところで深々と頭を下げてから、後ろ手にドアを閉めた。

白い壁に大きな絵が飾られていた。家の窓から、こんもりとした緑の山とお菓子でできた家が見えるという構図だ。小児科病棟に似合うような、パステルカラーのかわいらしい絵だった。

「ここに座ってください」

三浦は目の前の丸椅子を手で指し示した。きめ細かい肌と鉤鼻《かぎばな》が、高貴な印象を与える。その毅然とした態度は、男に媚びる要素を生まれつき持ち合わせていないかのように思えた。

彼女は、早和子が入室してからずっとこちらの全身に鋭い視線を走らせ続けている。

この人なら頼れる。

どんな仕事をするにしても、観察力は大切だ。医者ともなればなおさらだ。患者の立ち居振舞いや姿勢などから、一瞬にして私生活のあり方から運動不足の度合いまで読み取ってしまうのではないだろうか。

この人の前では嘘はつけない。嘘をついたところで、すぐに見破られてしまう気がする。

素直になろう。正直になろう。

自分をさらけ出すことによって禁煙に導かれるのだ。

「特記事項のことですが」

三浦は静かな声で話し始めた。「あの欄は、空白のままか『特になし』と書いてある場合がほとんどなんです。あそこに何かを書き込んでいる人というのは、たいていほかにも病気を抱えていて、すぐにでも禁煙しなければいけないのに、どうやってもタバコをやめられない人たちです。中には心臓病の人もいます。つまり、あの欄に何かしら書き込んであるときは、緊急を要する場合なんです。だから、そういうデータだけ別ファイルに抽出するようにコンピュータのプログラムを組んであります。以上の理由で、あなたのデータも引っかかったんです」

一気に言い終えると、こちらに厳しい横顔を見せる角度で診療机に向き直った。

緊急性もないのに、特記事項の欄に文字を入力してしまったことが迷惑だったらしい。健康体を相手にしている暇などないということか。痴漢をねじ伏せたときに感じた通り、この女性は使命感に燃える立派な人なのだ。

「……すみませんでした。余計な書き込みをしてしまって……」

部屋の空気がピンと張り詰めている。

突然、三浦は顔を上げ、天井を見つめて大きな溜息をついた。

「禁煙するには、医者と患者との信頼関係が最も大切です。ですから、プライベートなことまで聞いてしまうこともあるかもしれませんが、それは了承してください」

迷いを吹っ切るように三浦は言った。見ると、穏やかな表情に戻っていたのでほっとした。

「はい、わかりました」

「それから、これからはあなたのことを早和子さんとお呼びすることにします。よろしいですか?」

「はい、もちろんです」

細かな配慮が嬉しかった。男性の医者だと、なかなかこうはいかない。禁煙外来というところは、心療内科のような要素も多分に含んでいると思う。名字ではなくて下の名前で呼ばれることで、医者に親しみを覚えるようになる。そうすれば、より早く心を開くことができて、禁煙への近道となるのかもしれない。

ただ、残念ながら、自分はそういう単純なタイプではないように思うが……。

「ご存じかもしれませんが、画期的な飲み薬が開発されています。タバコを吸いたい気持ちが抑えられ、統計によると八割の人が禁煙に成功しています。しかし、そのほとんどの人が一年以内に再び吸い始めてしまうんです。だから、その飲み薬は使わず、私の考えた方法で指導しますが、よろしいですか?」

その薬については先日テレビで特集しているのを見たばかりだったので、早和子に異論はなかった。

「はい、お願いします」

「さてと、まず禁煙をスタートする日を決めてしまいましょう。早和子さんの好きな日でいいですよ」

「好きな日といわれましても……一応、来月の二十日が誕生日ではあるんですが……」

三浦がカルテを覗き込む。「なるほど、四十二歳になるんですね。わかりました。その日でいいでしょう。誕生日に禁煙できれば記念にもなりますし、なんでもない日よりはスタートしやすいでしょう」

違う。

禁煙しやすい日なんて自分にはない。

誕生日を境にきっぱりタバコをやめようと、今まで二十年もの間、毎年のように誓っては挫折を繰り返してきたのだ。

「先生、すみません。誕生日を開始日にするのは、やっぱりやめます」

「どうしてですか？」

「今までも誕生日に禁煙しようとして、何度も失敗しているものですから」

真剣であればあるほど、開始日はなかなか決められそうになかった。決めるのが恐かったとも言える。いつものことだが、挫折するのが恐いのだ。いったい何度目の挫折だろう。ついさっき、病院の前に立ったとき、今度こそは絶対にやめられると思ったばかりなのに、今また、いつもと同様、スタートする前から挫折する予感がしている。

三浦はふうっと息を吐いた。「じゃあ、いつならいいんですか？」

「いつと言われても……」

消え入りそうな声だ。

こんな気弱な部分を、会社では誰にも見せたことはない。

そうなのだ、タバコに関係することとなると、途端に弱い部分が露呈するのだ。いつもの自分――快活で真面目で努力家――が消えてなくなり、優柔不断でプライドも自信もない卑屈な部分が顔を出す。いや、それがもともとの性格なのかもしれないが。

「じゃあ開始日は来月の一日にしましょう。二週間後です。いいですね」

三浦は勝手にそう決めると、カルテに六月一日と書き込んだ。

なんて自分は気が利かないのだろう。彼女は忙しいのだった。ネット上の予約待ちにしても、気の遠くなるような日数だったから、今日も予約でいっぱいに違いないのだ。余計なことを言って、貴重な時間を無駄にさせてしまった。

恥ずかしい。

無性にタバコが吸いたくなった。

「はい……ではそうします。六月一日は結婚記念日でもありますし」

つい、そう言葉が出ていた。これ以上、三浦に手間を取らせたくなかったし、考えても考えても、この日なら絶対に大丈夫という日など、どうせないのだから、つまり、いつだって同じなのだ。

「結婚記念日ですか。それはいいですね」

三浦はそう言うと、カルテに何やら書き込んだ。

「禁煙することを周りの人に宣言してください。家族はもちろん、会社の人たちにも。そうすると、言った手前、意地でもタバコをやめざるを得なくなるでしょうから」

確信を持っているような言い方だった。

「それは……」絶対にいやです。

今まで何度、周りの人に宣言してきたことだろう。喫煙歴のない上司や同僚などは、意思の弱さを嘲笑っているに違いない。

――だから無駄な抵抗はやめた方がいいと忠告したでしょう。

――僕なんてやめようと思ったことないよ。

「すみません先生、周りに宣言するのだけはしたくないんです」

「どうしてですか?」

「今までも宣言して、結局禁煙できなくて恥ずかしい思いをしたことがあるものですから」

「あら、だって今度はきっぱりやめるんでしょう?」

「それはそうなんですけど……でも、もしまた……」

「早和子さん、始める前からそんな弱気でどうするんです。本気でやめる気があるんですか?」

「もちろん本気です」

「じゃあ問題ありませんね。周りの人に堂々と宣言してください。私の指導法は、何千もの症例に基づいたものなんですから信用してください」

「はい……わかりました」

仕方なく返事はしたものの、納得したわけではなかった。

自分を特別に繊細な人間だと思っているわけではないが、しかし禁煙に関してだけは、異常に神経質になるのである。宣言してしまったのに吸ってしまったらどうしよう、と思っただけで、猛烈にタバコを吸いたくなる。何百、何千という症例がどうであろうが関係ない。それらの症例はあくまでも他人の事例である。研究者が多くの事例から統計をとって傾向をつかんだとしても、それに当てはまらないこともあると思うのだ。そもそも性格も喫煙歴も人それぞれではないか。十把ひとからげに方針を決めるのならば、本屋に並んでいる禁煙の本を読むのとなんら変わりない。

それでも……。

やっぱり……。

三浦の方針を信用したいという気持ちは依然強かった。

だってこの人を逃したら、タバコの罠から救い出してくれる人など二度と現われないような気がするから。

「これは一枚二〇円でお分けしています。代金は帰りに診療費と一緒に払ってください」

三浦は、診察机の引出しからハガキの束を取り出した。

ハガキには、大きく『禁煙通知』と書かれている。

前略
私は、このたび長年にわたる喫煙習慣に別れを告げ、
〇年〇月〇日から禁煙することにいたしました。
ここにそのことを宣言いたしますので、
何卒ご支援ご協力のほど、お願い申し上げます。
草々

「何枚、要りますか？」

「えっ？　急に何枚と言われましても……」

「親族や会社関係や友人となると、百枚くらいは要るかしら」

「……ではとりあえず一枚で。それを参考にして自宅のパソコンで作りますから」

「それはいい考えですね。では一枚。それと、ご存じだと思いますが、家族の中に喫煙者がいたらタバコをやめるのは難しくなりますよ」

三浦は問診票を見ながら言った。

〈家族の中でタバコを吸う人がいますか〉と問う欄があったのだった。夫もタバコを吸うが、実は早和子ほどヘビースモーカーではない。早和子が二日で三箱から四箱吸うのに対し、夫は三日で二箱といったところだ。

「ご主人とは寝室は一緒ですか？」

「はい同じです」

「それじゃあ難しいですね。別々にすることはできますか？」

「無理です。３ＬＤＫなんですが、夫婦の寝室と娘の部屋と、残りの一部屋は、夫のアトリエとして使ってますから」

「アトリエ？」

「夫は絵本作家なんです」

言ったそばから後悔した。見栄を張ってしまった。もう何年も絵本は出版していない。稼ぎの面から考えても、カルチャーセンターの講師と言った方が正しかった。

「ご主人にはアトリエで寝起きしてもらえばどうですか。そしたら早和子さんは寝室をひとり占めできるでしょう？」

禁煙に失敗するたび、タバコを吸う夫とは部屋を別々にしたいと考えることが多くなっていた。しかし、今一歩のところで踏んぎりがつかないでいたのは、そのうち会話も少なくなり、家庭内別居状態になってしまうのではないかと危惧したからだ。でも、三浦が言うように、タバコを吸う人間と同じ部屋で寝起きしていては、絶対にやめられそうにないことは実感としてあった。

今の部屋割だと、禁煙とは関係のないところでも不便なことがたくさんあった。夫が夜遅くまで絵を描いたり読書したりするときは、夫はアトリエにこもることができる。しかし、早和子には部屋がないので、夫が寝室で眠ってしまえば、電気を煌々とつけて読書したり、パソコンに向かったりするわけにもいかないのだった。そういうときはリビングに移動するのだが、暑さ寒さの厳しい季節には、エアコンを点けてもなかなか効かず、効いてきた頃には眠くなっているのが常だった。

「先生のおっしゃる通りにします。今日帰ったら早速ベッドを動かします」

「とにかく喫煙場所には近寄らないこと。それと、お酒の席は気が緩みますから厳禁です」

「はい、わかりました」

「当分ご主人とは食事も別にした方がいいですよ。ご主人は食後にタバコを吸うでしょうから」

「はい、そうします」

「それと、申し訳ないのですが、私は仕事のスケジュールが厳しいので、具体的な指示はメールで出すことにしています。禁煙開始日の前日から五日間、毎日一通ずつ送信します。それに書かれている注意点をよく読んで、正しく実行してください。そのほかのことはこれに書いてあるので、家に帰って読んでください」

三浦は、〈禁煙の心がまえ〉と題した小冊子を渡してくれた。

「それでは頑張りましょう」

三浦はガッツポーズをして、にっこりと微笑んだ。

自宅まで地下鉄でたったの五駅、時間にして十分足らずなのだから、どこにも寄らずにまっすぐに帰ろうと決め、足早に駅に向かっていた。下り坂なので、勝手に足が前へ前へと出る。

歩きながら、三浦との会話を反芻《はんすう》した。

禁煙に成功するには、医師との信頼関係が重要な鍵を握るというのに、三浦の指導内容に共感することができない。周りの人に禁煙宣言をすることもどうかと思うし、禁煙通知のハガキにしたって、効果があるとは思えない。この二点については、多くの禁煙本に書かれていることでもあるから、プラスに働く人もいるにはいるんだろうけど……。

だけど、自分には絶対に向かない。

先行きが不安だ……。

ああ、タバコが吸いたい。

目の前に、地下鉄に通じる階段の入口が見えてきた。

今すぐ吸いたい。

タバコを吸わないと、この沈んだ気持ちから這い上がれそうにない。

次の瞬間、足の向きを変え、階段の横を通り過ぎた。信号を渡った向こう側にカフェの看板が見える。

小走りになって信号を渡り、カフェに入った。

席についてタバコを思いきり吸い込むと、すっと気分が落ち着いた。

早急に結論を出そうとするのがいつもの悪いくせだ。三浦は、禁煙指導の権威なのだ。たくさんの人にタバコをやめさせた実績があるのだ。

それに、タバコを吸う夫と、家の中でも物理的な距離を取るというのは正しい方法だと思う。そこまで具体的なことを言ってくれる医者がほかにいるだろうか。

信じよう。

ついていこう。

残された道はこれしかない。

やるしかない。

よし、頑張ってみよう。

タバコを揉み消してから残りのコーヒーを飲み干すと、すぐに立ち上がった。

帰りの電車の中で、三浦から手渡された小冊子を開いた。

――果物を中心とした食事をしましょう。

――食事は腹八分目にしましょう。

――吸いたくなったら深呼吸をし、水を飲みましょう。

――声に出して「私は吸わない」と言ってみましょう。

そこまで読んで、小冊子を閉じた。

目新しいことは何も書かれていない。どの禁煙本にも載っていることばかりだ。こんなことでやめられるのであれば、この世の中でタバコを吸っている人間なんてひとりもいない。

だけど……これは、三浦の豊富な経験をもとに作られた冊子なのだ。だからきっと、もっと後ろの方に、ものすごいことが書かれているに違いない。目から鱗とはこのことかと思えるような何かが。

そんな素晴らしい指導を電車の中で読んでしまうのはもったいない。家に帰ってから、ゆっくりタバコを吸いながら読もう。

帰宅したのは午後一時だった。

家には誰もいない。土曜日は夫も日香里も仕事で忙しいのだ。夫は授業数が平日より多いので帰りも遅いし、日香里はモデルの仕事で原宿に出かけている。

昼食は自分の分だけ作ればいいと思うと、気が楽だった。部屋着に着替えながら、簡単なもので済ませようと考えた。いつものことだが、今日も朝食抜きだったので、かなり空腹だ。

食パンにハムを一枚載せ、そのうえにトマトとピーマンの輪切りを並べた。それに塩胡椒をし、ピザ用チーズを散らしてからオーブントースターに入れる。焼き上がる間に、カスピ海ヨーグルトをガラスの小鉢に入れ、そのうえに干しプルーンを三個載せる。花柄のトレーに載せてリビングへ運び、テレビを見ながらひとりで食べた。

食べ終わると、台所に戻って換気扇の下の踏み台に腰掛ける。ここが家の中でいちばん好きな場所だ。タバコを吸いながらぼんやりしているときがいちばん心が安らぐ。

二本吸ってから寝室へ行き、ベッドに仰向けに寝転がった。三浦からもらった小冊子の「どうしても吸いたくなったら」の項を読んでみる。

——冷たい水やお茶を飲む。

コーヒーの方が好きなのだけど、タバコをやめるにはコーヒーもやめなければならないのだろうか。嫌煙家でコーヒー好きな同僚が何人もいるのだが。

——歯を磨く。

家にいるときならできるけど、会社にいる時間帯は、昼休み以外は無理だ。それに、歯磨きに関してはどの禁煙本にも書いてあることなので、ためしにやってみたことがあるのだが、歯を磨いたからといって吸いたい気持ちが収まったりはしなかった。歯を磨いている間だけ、吸えない状態にあるというだけだ。

――飴やガムを上手に利用しましょう。

タバコをやめて太ってしまった課長がいる。気を紛らわすために飴やガムを常時口にしていたせいだと彼は言っていた。それほど大量に食べるのならシュガーレスにすればいいのにと呆れたが、そんなことよりも、なぜ飴やガムでタバコがやめられるのかが不思議でならない。早和子の場合、それらは決してタバコの代わりにはならない。それどころか、口に入れた途端に吸いたくなる。結局は飴をしゃぶりながらタバコを吸ってしまうことになる。

ほかの人がどうあれ、自分に向かないものは向かない。

――シャワーを浴びる。顔を洗う。

これも歯磨きと同じで、会社員には不可能であるし、それをやっている時間だけごまかせても意味がない。

――大きな声で歌を歌う。

これも同じことだ。

――「私は吸わない人間である」と大声で言ってみる。

「だから、会社員には無理だってば」

誰もいない部屋で、思わず大声を出していた。

——ミントなどの香りで部屋の空気をさわやかにする。

なんなのよ、これは。

ミントの香り？　部屋をさわやかに？

この小冊子を書いたのは、どこのどいつだ。

最後のページを見てみると、編集発行人は三浦志保とあった。やっぱり三浦はタバコを吸ったことがない人間なのだ。だって、自分はタバコをいやな匂いだと思ったことは一度もない。コーヒーの香りと同じようにタバコの匂いが好きなのである。

三浦先生、タバコはひどい匂いで、ミントの香りはさわやかですか？　それは、嫌煙家だからこその考えではないですか？

気を取り直し、次を読み進める。

——吸いたいという衝動はだいたい一分から五分程度で収まる。長くても十分くらいである。吸いたい衝動が収まるまで十分間、時計の秒針を見つめて待つ。

三浦先生、あなたは十分もの間、時計を見つめ続けたことがありますか？　たぶん、生まれてから一度もないと思いますよ。だって、それがどれほど長いか知らないから、こんなことが平気で書けるんです。

三浦先生、実は私、これを実行したことがあるんです。十分も見つめていると、いろいろなことを考えます。仙人じゃないんですから、何も考えずに十分間をやり過ごすことなんてできません。そういうとき、決まって過去の失敗や屈辱的なこと、つまり、二度と思い出したくないことばかりが頭に浮かんでくるのです。どんどん気持ちが暗くなっていった結果、猛烈にタバコを吸いたくなります。慰めてくれる友人はタバコだけだからです。それと、会社の就業時間中に、仕事もしないでじっと時計に見入ることはできません。怠けていると思われるのもいやですが、それ以前に、頭がおかしくなったと思われます。

――文房具などを手もとにおき、手持ちぶさたに対処する。

日常生活において、確かに手持ちぶさたで思わずタバコに火を点けてしまうことはあるが、吸いたいと強く思ったときに、消しゴムやシャープペンをいじくりまわしても、吸いたい気持ちは収まったりはしない。

三浦に対して沸々と怒りが湧いてきた。

信頼が揺らいでくる。

禁煙指導のプロどころか、ど素人じゃないの？

――運動をする（ストレッチ、腹筋、散歩など）。

「勤め人には無理！」

大声で言い放ってから小冊子を閉じた。

天井を見つめる。

三浦を信頼したい。最後の頼みの綱なのだから。

しかし、この小冊子に書かれていることは、会社員には不可能であるばかりでなく、今までの経験から自分には効かないとわかっていることばかりなのだ。

それよりも何よりも、ここに書かれていることは、吸いたい気持ちをごまかすことばかりだ。数分間、気を紛らわしたところで、すぐにまた吸いたい波が押し寄せてくるというのに。

血中のニコチン濃度がどんどん下がっていくのに比例して、その波はどんどん大きくなっていくものなのだ。そんなことも知らないのだろうか。医者のくせして。

目先の工夫でその場しのぎをすることが、自分には向いていないことは長年の経験からわかっている。

そもそも人間というのは、そう簡単に気持ちをごまかせたりするものなのだろうか。

自分だけが特別に複雑な人間か？

いや、決してそうは思わない。

三浦という最後の頼みの綱が切れてしまう気がして、慌ててタバコに火を点けた。ひと口吸い込むと、少し穏やかな気分になれた。

ああ、そうか。大きな勘違いをしていた。この小冊子は、個々人に対応しているものではないのだった。ここには一般論が書かれているだけなのだ。そうだ、そうなのだ。具体的なことはメールで指示すると、三浦が言っていたではないか。なぜそんな大前提を忘れてしまったのか。どうかしている。診察室では、家族構成や部屋割まで尋ねてくれて、的確な指導をしてくれた。個別対応はメールでしてくれるのだった。そうあればこその禁煙外来だ。

この小冊子のことは、もう忘れよう。

2

まだ梅雨に入りそうにない、さわやかな日曜日。

いよいよ六月一日が明日に迫ってきた。

昼寝から目覚めると、昨夜遅くに三浦から届いたメールを読み返してみた。

『いよいよ禁煙開始ですね。心の準備は整いましたか？　以下に述べることは重要なことですから、きっちりと実行してくださいね。

【前日までに確実に実行しておくこと】

一、喫煙者であるご主人とは部屋を別々にする。

二、家族、友人、勤務先の人などに禁煙を宣言する。

三、タバコ、ライター、灰皿を捨てる。タバコはそのままゴミ箱に捨てるのではなく、水に浸してから捨てる。(拾い出して吸う可能性をなくすため)

【禁煙一日目の過ごし方】

一、朝食は果物(缶詰は不可)と野菜だけにする。コーヒーは厳禁。

二、昼食は軽くする。肉は食べない。コーヒーは厳禁。

三、夕食も昼食と同じ。アルコールは絶対に口にしないこと。

四、喫煙者に近づかない。特に喫煙者である家族には要注意。

果物や野菜は、肉などの脂っこいものとは違い、タバコを吸いたい気持ちが強まりません。果物や野菜は、尿をアルカリ化させて身体からニコチンが排出されるスピードを抑えてくれるため、禁断症状を軽くしてくれるのです』

大きな溜息をつきながら、タバコに火を点けた。

何度読んでも悲しくなる。

こんな内容なら、どんな禁煙本にも書いてある。こんなのでタバコをやめられるのなら、とっくの昔にやめている。三浦がたくさんの人を禁煙に導いたというのは、本当なのだろうか。

いや、疑ってはダメだ。彼女を信じるしかもう道は残されていないのだから。

宗教活動でよく使われる「信じる者こそ救われる」という言葉の意味が初めて身に沁みた。盲目的に信じることができたらどんなに楽だろう。

タバコの煙を吐き出しながら、もう一度メールの文字を追ってみた。確かにどの本にも書いてある平凡なことばかりだけれど、見方を変えてみれば、それが王道だからだ。

つい逃げ腰になってしまうのは、過去にも同じような方法を試みて失敗したことが何度もあるからだが、実はそれだけではない。この程度の注意事項であっても、忙しい身には大変な負担なのである。

朝食は果物と野菜を中心にすることひとつをとってみても、とても面倒だ。朝は食欲があったためしがない。土日ならまだしも、平日は朝目覚めても前日の疲れがとれていないし、胃どころか頭も覚醒していない。その状態で家を出るのだ。そんなときに無理して朝食をとるのは苦痛だった。それもコーヒーなしで、だ。

柑橘類は好きなのだが、それは夕食後のデザートとして食べたり、風呂上がりに食べたりするのが好きなだけで、朝起きて眠い目を擦りながら酸っぱいものなんか食べたくない。禁煙初日を休日に設定すればよかったと後悔していた。休日なら朝寝坊ができるから、ブランチとしてなら野菜でも果物でも食べられる。

とはいえ、朝食だけを乗りきればいいわけではない。休日は、いつでもタバコを吸える自宅に身を置いているのだ。それはそれで、タバコを我慢するのに苦労するだろう。

つべこべ言わずに、大型スーパーへ行ってみよう。あそこなら、朝でも食欲をそそるような果物や野菜が見つかるかもしれない。

スーパーを端から端まで二往復してみたが、買ったのはバナナだけだった。それ以外の果物も野菜も、朝起きてすぐに食べることができるようには思えなかった。もちろん、映画で見るアメリカ人のように、出社する二時間も前に起きて、ジョギングをしてシャワーを浴びて、ゆっくり朝食を楽しむというような生活なら別かもしれないが。

果物と野菜以外なら、朝起きてすぐでも食べられるものがある。たとえば、駅前商店街の〈ガトーフランセ〉のプリンやコーヒーゼリーだったら、つるっと喉を通る。その三軒隣の〈ベーカリー村田屋〉で売っている、レーズンがたっぷり入ったシナモンパンや、こしあんパンだったら、カフェオレとともに喉に流し込める。

そういう朝食では禁煙は達成できないのだろうか。空腹にタバコとコーヒーを流し込むという今の生活に比べれば、ずっとマシに思えるのだが。

その夜は、どんどん気分が落ち込んでいくのを止められなかった。いよいよ明日からタバコを吸えなくなると思うと、つらい気持ちになった。会社員にとって、ただでさえ月曜日は会社に行きたくないものなのに、そのうえにタバコを我慢することが加わるのだ。

そして、我慢の日々が続く。

明日以降延々と。

いつまで?

一生涯?

そんなこと、どう考えても不可能では?

その夜は、いつにも増してタバコの本数が増えた。

寝る前に、タバコを一本だけ取り出し、テーブルの脇に置いた。残りのタバコは、三浦の言いつけ通り、水に浸してから捨てた。

ベッドの縁に座り、これが人生最後の一本なのだと、いとおしむようにタバコを吸ったまではよかったのだ。

ベッドに入り、さあ寝ようと思った途端に無性に吸いたくなってしまった。いつもならこんなことはないのだが、明日から吸えないと思った瞬間に不安でいっぱいになってしまったのだ。何度も寝返りを打ったが眠れず、起き上がってタバコを探した。

ない！

捨てたのだった。

タバコもライターも灰皿さえも捨てたのだった。

それを思い出した途端、矢も盾もたまらず吸いたくなってきた。

どうしよう。

吸いたい。

どうしても吸いたい。

吸いたい吸いたい吸いたい。

パニック状態だった。夫の部屋へ走る。

「タバコ、一本くれる？」

「どうぞ」

家族の中にタバコを吸う人間がいることを、神様に感謝したい気持ちだった。

3

目覚まし時計がけたたましく鳴っている。

そう思った次の瞬間、携帯電話からビゼーのカルメンが威勢良く流れ始めた。

眠かった。

今日は六月一日である。

禁煙のスタート日だというのに、いつにも増してすっきりと目覚めることができなかった。

だるい。

寝不足なのである。それというのも、昨夜なかなか寝つけなかったからだ。

あまりいいスタートではないと思うと、先行きが不安になった。ベッドに起き上がり、冷たい煎茶をがぶ飲みする。朝いちばんのタバコを我慢するのは至難の業だと思い、少しでも気がまぎれるようにと、昨夜寝る前に用意しておいた煎茶である。

台所へ行く。この二十年間というもの、朝は食欲がないのだが、無理をしてでも何か食べなくてはならない。

バナナを食べた。あまりおいしくなかった。なぜ朝だと何もかもおいしくないのだろうか。

深呼吸してみる。

我慢、我慢。吸いたいけど我慢。

この我慢は一生涯続くのだろうか。吸いたいと思わなくなる日が本当に来るのだろうか。最初の四日さえ乗りきれば、あとは楽勝というのは嘘ではないだろうか。その証拠に、タバコをやめて三ヶ月経ってから、また吸い始めてしまった知り合いがいる。つまり、四日どころか三ヶ月経っても吸いたい気持ちからは解放されないのではないか。だとすると、彼は立派な人だ。三ヶ月もの間、この狂おしい気持ちを我慢し続けたということなのだから。

顔を洗い、会社に行く支度をする。いらいらする。底なし沼みたいに気分が沈んでいく。

やっとの思いで、家を出た。

会社の最寄りの駅に着いたが、いつものカフェには立ち寄らずに、まっすぐに会社へ向かった。駐車場にたむろしている喫煙者たちの方を見ないようにして、エレベーターに乗り込む。

自席に着いて、パソコンを立ち上げる。

吸いたい。

一本だけ。

時計を見るとあと五分で始業時刻だった。

一本だけなら吸う時間はある。

でもタバコを持っていない。

ライターも捨てた。

会社の二軒隣がコンビニだ。レジの背後にあるタバコの棚が目に浮かぶ。

どうしよう。あと四分しかない。

買いに行ったら間に合わない。遅刻だと思われる。

次の瞬間、走り出していた。エレベーターで一階に降り、駐車場に駆け込む。何人かの社員が灯油缶を前にタバコをくゆらせていた。その中に知り合いがいないかどうか、顔を覗き込んで確かめる。

ひとりもいなかった。

「ごめん、一本くれない？」

いちばん近くにいた若い男性社員に声をかけていた。タバコの銘柄が同じだったからだ。名前は知らないが見たことはある。向こうもこっちを知っているだろう。なんせ、女性でタバコを吸うのは今や二人しかいないのだから。

「えっ、僕ですか？」

驚いたように尋ね返す。

「ごめんね、家にタバコ忘れてきちゃったもんだから」

「いいですよ、はい、どうぞ」

箱を揺すって、器用に一本だけを箱から飛び出させてくれる。

「ありがとう。悪いわね」

「いえいえ」

スーツ姿も初々しい男性が、火を点けたライターを差し出してくる。なんだかホストクラブみたいだ。行ったことはないけれど、テレビで見たことがある。

こういうのもセクハラっていうのかな。だけど、ライターを持っていないのだから仕方がない。

彼の差し出したライターに、くわえたタバコを近づけて吸い込んだ。

ああ、おいしい。すうっと気持ちが落ち着いた。

暗い海底から明るい海面に浮かび上がってきたような気分。

出勤する社員たちが、ちらちらとこちらを見ているような気がする。

捨てなきゃよかった。タバコもライターも。

中指が火傷するほど、根元まで吸った。

席に戻ってパソコン画面を見ると、社内メールが届いていた。沢口からだった。

——見たぞ見たぞ。新入社員にタバコをねだったりするなよ。これからは、タバコが吸いたくなったら俺に連絡しなよ。部長室に連れてってやるからさ。


その日の午後、沢口に連れられて部長室へ行った。

「岩崎さんね、吸いたくなったらいつでも来ていいんだからね」

そう言ってくれたのは、部屋の主の石橋《いしばし》営業部長である。

「ありがとうございます、部長」

ソファに座ってゆったりとした気持ちでタバコを吸った。人の目を気にせずに吸えるのはありがたかった。

「タバコを頭ごなしに禁止するのはどうかと思いますよ」

沢口が言うと、部長は「まったくもって同感」と言いながら、新しいタバコに火を点けた。

「日曜日のことなんですけどね」

眉間に皺を寄せて話し出したのは、沢口の部下で秋野《あきの》という三十代半ばの男性である。

「近所の公園のベンチに座ってタバコを吸ってたんですよ。そしたら公園の管理人が血相変えて走ってきて、『ここは禁煙だぞ』って怒鳴るんです。異常ですよ。朝早かったから周りには誰もいなかったし、そもそもあんなに広々とした場所で、いったい誰に迷惑かけてるっていうんですか？　そのうえ、お行儀のいい僕は携帯灰皿を持参してたんですよ。なんだか今の日本、ものすごい勢いで管理社会に突入していませんか？」

「だいたいさあ、タバコの煙を締め出そうとしてるけど、車の排気ガスはいいわけ？　それ、おかしくないか？　政府も本腰を入れるなら、タバコの販売自体を禁止して、これ以降たばこ税がなくてもかまわないってとこまで腹くくれよな」

沢口が興奮気味に言うと、秋野が「おっしゃる通り！」と力強くうなずいた。

「たばこ税ってどれくらい取られてるか知ってるか？」

部長が憤慨した面持ちで続ける。「今、俺が吸ってるのは一箱四一〇円だけど、そのうち、たばこ特別税が一六円、消費税が二〇円、地方たばこ税が一二二円、国たばこ税が一〇六円。つまり、四一〇円のうち、なんと二六四円が税金なんだ。日本全体だと、年間二兆円以上の税収らしい」

「そうそう、僕たち立派な納税者ですよ。マナーを守る限りは自由に吸う権利があるはずです」と秋野。

「この前の大幅値上げで、大勢のやつらが禁煙したって噂、本当かね」

部長が誰にともなく尋ねる。

「怪しいもんですよ。だって俺のまわりでタバコやめたやつなんてひとりもいませんよ。ここの社員にしたって、みんな部長室か灯油缶のところで吸ってるし、中には守衛と仲良くなって守衛室で吸わせてもらってるやつもいますよ」と沢口。

「なんだか啓蒙活動の匂いがしないか？」と部長。

「しますします」

「そういえば、禁煙外来に通って続々とタバコをやめてるっていうニュースも怪しくないですか？　保険がきくようになったんで、僕の知り合いでも何人か通ったやつがいますけど、みんな途中で挫折してますよ」と秋野。

「やっぱりそうだったか。誰もやめてないのか。そもそも無駄な努力なんだよ。やめられるわけないんだからさ」と部長が嬉しそうに微笑む。

「でしょう？　やめなきゃいけないっていう強迫観念で、おかしくなったヤツ、俺知ってます。マンションの隣の部屋の男なんですけどね、迷惑なんですよ」と沢口。

「路上喫煙者から罰金を取る条例、どうよ」

部長が苦虫を嚙み潰したような顔で言った。

「もしかして、罰金取られたんですか？」と沢口。

「夜だよ、夜。猫一匹歩いていない道をさ、タバコくゆらせながら、いい気持ちで散歩してたわけさ」

「冗談じゃないですよね」

沢口が絶妙なタイミングで合いの手を入れる。

「タクシーの禁煙車もほんと頭にくるよ」

「きますきます。だってタバコを吸う客はたくさんいるわけでしょう。いわば乗客サービスの低下ですよ」

沢口が賛同すると、秋野が続ける。「どこもかしこも全面禁煙なんて絶対に変ですよ。分煙ならまだ分かりますけどね。まるでいじめです」

「そうだよ。まるで、タバコ吸うのが反社会的な行為みたいですよね、部長」と沢口。

「俺たちどうせ日陰者だよ」

部長が悲愴な面持ちでつぶやいた。

そのとき、ノックと同時にドアが開いた。

入って来たのは御堂瞳だった。軽く会釈をすると、スーツのポケットからメンソールの細いタバコを取り出し、火を点けた。会話に加わろうとはせず、部屋の隅っこで、壁に向かって煙を吐き出している。携帯灰皿を持参しているようだ。スタイルが良くて、長い指に外国タバコが似合っている。

「ここだけの話だけどさ」

部長は御堂の在室には慣れているのか、かまわずに話を続ける。「全館禁煙になったのは、社長が『喫煙の社会コスト』っていう本を読んだのがきっかけらしいよ。要は、タバコ吸う社員は医療費がかかるだの、吸ってる時間は働いてないじゃないかってこと。素人はこれだからいやだね。俺なんか、仕事のいいアイデアが浮かぶときは、必ずタバコ吸ってるときだもんな」

彼が話している間も、次々と女性社員が入ってくる。軽く会釈をすると、御堂の近くに行って、黙々とタバコを吸う。見覚えのある顔ばかりである。誰もタバコをやめていなかったという事実を目の当たりにし、じわじわと安堵がこみあげてくる。

「部長のおっしゃる通りですよ。そもそも健康オタクっておめでたいやつばっかりですよ。野菜中心だかジョギングだか知らないけど、なんて暇なやつらなんだろうと思います」

「沢口くんに同感。それに、会社っていうのは、個人の自由を尊重するところでなきゃいけないよな」

「その通り！　部長のおっしゃることは、的を射ていることばかりですよ。それにね、タバコはストレス解消になるんだから健康にいいはずです」

「だいたい社長はタバコを吸う人間を差別してるよ。まるで人格まで疑っているみたいに感じるときがあるんだ」

「部長、営業成績を上げて、目に物見せてやりましょうよ」

「さすが沢口くん、言うことが違うね。はっきり言って、俺はタバコを吸わない部下より吸う部下の方が好きだよ」

部長と沢口の息の合った会話が続く。

喫煙者の中にいると、同類だという安心感を覚える。

しかし、だからといって、これからもタバコを吸い続けようとは思わなかった。このグループから自分は脱け出したいのだ。

一日も早く。

第四章　自分だけがやめられない

1

一週間後、病院へ出向いた。

「えっ？　吸っちゃったんですか？」

三浦は目を見開いた。「ダメじゃないですか」

言われなくてもわかっている。

ダメな人間なのだ自分は。

だからこうやって二十年に亘ってタバコをやめられないで生きているのだ。

「開始日が六月一日でしょう。今日は六月六日だから……まだ六日しか経ってないじゃないですか」

「すみません」

「で、いつから吸ってしまったんですか？」

「六月……一日です」

消え入りそうな声で言う。

「は？　初日ですか……信じられない」

そうなのだ。信じられないほど、どうしようもない人間なのである。

「それで、何本？」

何本と数えられるような少ない数ではなかった。

禁煙一日目は、新入社員の男性からもらいタバコをしたあと、昼休みにコンビニに走り、タバコとライターを買ってしまった。それでも頑張って、我慢に我慢を重ね、その日は十二本しか吸わなかったのだ。

もちろん翌日は心を入れ替えた。箱に残っている八本を見つめ、本当にこれで最後にしよう、もう二度と買わないぞと決心したのだった。そして、その八本を大切に大切に吸ったのに、なぜか夕方にはもうなくなってしまったのだ。だから仕方なく、帰宅後に夫の部屋に忍び込んで買い置きの新しい箱を開けて一本だけ抜き取った。しかし、すぐには吸わなかった。どうせ吸うのなら、同じ一本であるのならば、この際ちゃんとおいしいコーヒーを淹れて、その香りとともに心底タバコを楽しまないと損をするような気がしたからだ。

思うに、コーヒー一杯を飲み終わる時間と、一本のタバコを吸い終わる時間がぴったり同じでないのが悪かったのだ。つまり、カレーライスを食べるときと同じだ。食べているうちにルーが少なくなり、白ご飯が余る。だからルーを足す。また食べていくうちに、今度はルーだけが余るので、そこにご飯を足す。そうやって、ついついカレーライスを食べ続けてしまうときと同じで、要は、タバコとコーヒーの量が合わなかったのだ。だから延々と吸い続けたのだし、延々とコーヒーをお代わりし続けたのだ。

今日も失敗した。そう思ったと同時に、今日はもういいことにしようという気楽な気分になり、いや、本当はヤケクソだったのだが、あっと言う間に夫の部屋から拝借した新しいタバコは箱ごとなくなったのだった。

「たくさん吸ってしまったんでしょう」

「はい……」

「ダメじゃないですか」

そうですよ。ダメ人間だということは、自分がいちばんよく知っています。

「ライターもタバコも捨てるように言いましたよね」

「はい、捨てました」

「タバコは水を吸わせてから捨てるように言ったはずですけど」

「はい、そうしました」

「ということは、買いに行ったのですか？」

会社の昼休みにコンビニに走ったことは言いたくなかった。わざわざ買いに行ったことがばれたら、心底軽蔑されそうな気がした。

「いえ、夫の部屋にあったので」

「やっぱり家族に喫煙者がいると難しいですね。で、ご主人は、あなたがタバコをやめられなくて苦しんでいるのを知らないんですか?」

「知ってますけど……」

「じゃあ、一緒にやめようと言ってみてはいかがですか?」

「夫は、タバコはやめられないものだと悟っている感じですし」

「ご主人とは寝室を別にしましたか?」

「はい、別々にしました」

「ご主人は、あなたがタバコをやめようとしていることに関しては、どうおっしゃってますか?」

「良いことだと言ってます。夫だってタバコが身体に悪いことは知ってますから」

「じゃあやっぱり、夫婦で励ましあいながら二人とも禁煙するのがいいんじゃないかしら」

「でも……」

そういうのは好きじゃない。夫婦ともに柄じゃないのだ。小学生の子供じゃあるまいし、気恥ずかしくてたまらない。

「そういうのは無理そう？」

「はい、ちょっと……」

「わかりました。では方針を変えます。毎日一本ずつ減らしていくことにしましょう」

「えっ？」

びっくりして顔を上げた。

それは最も難しい方法ではなかったか。今まで何冊もの禁煙本を読んできたけれど、その方法を勧めている著者はひとりもいなかった。それどころか、ストレスが溜まるから、その方法だけはやめた方がいいと書いてある本がほとんどだった。

いや、待てよ。

過去に読んだ本を引き合いに出してどうする。読んでも読んでもタバコをやめられなかったというのに。

「今まで一日に何本吸ってましたっけ？」

言いながら三浦はカルテを見る。「少ない日で三十本ですね。多い日で四十本……。そうですね、じゃあ明日は二十九本、明後日は二十八本というように減らしていきましょう。

そうすれば、ちょうど一ヶ月でやめられる計算になりますから」

「はい、頑張ります」

「次回は二週間後に来てください。次の次の土曜日ですね。つまり、一日十六本になる日です」

「ありがとうございました」

立ちあがってお辞儀をする。

「あっ、ちょっと待って。これ、差し上げます」

そう言って三浦はA4サイズの茶封筒から数枚の大判のラベルを取り出した。黄色の蛍光色のゴム製マットに、黒の極太マジックでなにやら文字が書かれている。

――タバコを吸うと癌になる。

――苦しんで死にたいか。

――老後の楽しみは全部消える。（一例として旅行）

――その一本を我慢しよう。

「家に帰ったら、目につくところに貼りつけてください。マグネット式になっているので、冷蔵庫や換気扇フードなどにつけられますから」

「はい……ありがとうございます」

こういう文言を目にした途端に吸いたくなる。そんな厄介な性格を、他人にどう説明していいのかわからなかった。

でも……今回は三浦の方針に従うと決めたのだ。残された道はそれしかない。

ともかく一本ずつ減らしていけばいいのだ。日曜日は二十九本、月曜日は二十八本……簡単なことじゃないの。

今度こそ、絶対に今度こそ、三浦に呆れられないようにしなければ。

2

日曜日になった。今日から減煙法のスタートだ。

朝目覚めると、ベッドに腹ばいになり、花柄のポーチからタバコを一本抜き出した。一本吸うたびに数えるのは面倒だと思い、昨夜のうちにポーチに二十九本を入れておいたのである。

新しい一箱と、ばらで九本。

普段、一日に吸うタバコが二十九本以下の日などはザラにある。つまり、早和子にとっては決して少ない本数ではないのだ。

だけど、二十九本以上絶対に吸ってはいけない場合の二十九本は、とても少ない。だって、二十九本しか吸えないと思った途端に、百本くらい吸い続けたい衝動にかられるからだ。

どうにかならないものか、この厄介な性格。

溜息とともに煙を吐き出した。

最も避けたいのは、午前中に吸い過ぎてしまい、夜の寛ぎタイムに少ない本数で我慢しなければならない状況になることだ。

平日は、会社から帰宅後に、すべての家事を済ませてから、リビングでニュースを見ながら寛ぐ。そんなとき、あと一本しか吸えないなどということになったら、惨めでたまらなくなるに決まっている。できれば、寝る直前になっても余裕で何本か残っているというのが理想だ。

その日からは、タバコの残り本数のことで頭がいっぱいの日々を過ごした。

あと何本だったかなと、常に計算している。一、二、三、四……ああよかった。まだ何本もあると。

そういうふうにして、なんとか三浦の言いつけを守りながら、十日間が過ぎていった。

今日は十九本の日だ。

その朝、目覚めると、いつものようにベッドに寝転がったままタバコに火を点けた。一本ずつ減らしていく方法は、今のところうまくいっている。昨日よりたった一本少ないだけだと思うと気が楽だった。それほどストレスを感じないで済んでいる。そういうところが減煙法の良いところなのかもしれない。このままいけば、本当にやめられそうだ。やっぱり三浦はプロである。彼女自身は喫煙歴がないのかもしれないが、やはり医者として数多くの症例を見てきただけのことはある。

だけど、今日初めて二十本を切るのだから油断は禁物だ。今まで以上に綿密な計画を立てた方がいいかもしれない。気をつけていないと、すぐに十九本を超えてしまいそうだ。

今日一日分の、タバコを吸う時間割を考えよう。

あっ、しまった。

無意識のうちに二本目のタバコに火を点けていた。

まあいいとするか。朝起きたときがいちばん吸いたいのだから、無駄に吸っているわけじゃない。最も身体がニコチンを欲しがっている時間帯なのだから、有益な二本目なのだ。

……ということにしておこう。

で、時間割だが……帰宅後の寛ぎタイムのために五本は残しておきたい。となると、それまでに十四本は吸えることになる。既に今吸ってしまった二本を含めて、家を出る前に三本、会社の最寄りのカフェで二本、残りは九本だから、会社にいる時間帯だけで九本も吸えるという勘定になる。それほど心配することはなさそうだ。

朝は相変わらず食欲がなかった。

コーヒーだけを飲み、ポーチに入っているタバコの本数を数え直してから家を出た。

出社前には、いつものようにカフェに立ち寄った。カウンターでコーヒーを注文していると、奥の方で久美と遠山則之《とおやまのりゆき》が同じテーブルに座っているのが見えた。遠山は、物流統括部に所属する二十代半ばの社員だ。彼はタバコは吸わないのだが、数週間ほど前からこのカフェに立ち寄るようになっている。どうやら久美とつきあっているらしい。

「早和さん、おはようございます」

気を利かせて別の席に座ろうと思うのだが、必ず久美が手招きするので、同じテーブルにつくことになる。早和子を同席させるのは、カモフラージュなのかもしれない。

あれ以来、由利子をこの店では見かけなくなった。禁煙に成功したのだ。彼女にできてなぜ自分にできないのだろう。何度か会社の廊下ですれ違ったのだが、思わず目を逸らしてしまったことが恥ずかしい。ねえ由利ちゃん、禁煙に成功したんだってね、すごいわね、コツを教えてよ、と素直に話しかけることができない。劣等感や敗北感は想像以上だった。

「実は私、タバコやめようかと思うんです」

久美が恥ずかしそうに切り出した。

「冗談はやめて」

思わず大きな声を出していた。その声に驚いたのか、周りのテーブルから一斉に視線が投げかけられた。

久美は、『誰でも成功する禁煙』は買わなかったと言っていたから、やめる気などさらさらないのだと安心していたのだ。

もしも彼女がタバコをやめたら、灯油缶のところでタバコを吸う女は自分ひとりになってしまう。いよいよ、ダメ女のレッテルが貼られる。それを避けるためには、タバコを吸うたびに部長室へ足を運ばなければならない。この前、沢口が連れていってくれたときのように、たくさんの人がいるときならいいが、部長しかいなかったら、いくらなんでも入りにくい。御堂瞳は、同世代の女性のタバコ仲間が何人もいるからいいが、自分の世代はいない。どうしよう。

「そうか……遠山くんは吸わないものね」

そう言うと、遠山が驚いたような顔をした。

「ばれてるんですか、俺たちのこと」

「もう、余計なこと言って」

久美が遠山に肘鉄を食らわせる真似をした。

「そんなことより久美ちゃん、どういう方法で禁煙するつもりなの？」

「方法も何も、要は吸わなきゃいいんですよ」

彼女の代わりに遠山が答えた。

「女のくせにタバコを吸うなんて最低ですよ。俺、お嬢様って感じの女の子が好きだし」

「ちょっとやめてよ」

久美が慌てて遠山に向き直る。「早和さんに失礼よ」

「えっ、なんで？」

はっとしたような顔で、遠山がこちらを見た。「違いますってば。俺みたいなぺーぺーがまさか大先輩を非難するわけないじゃないですか。俺が言ったのは、こいつみたいな生意気な若い女のことで、先輩は全然関係ないっすよ。だってもう貫禄十分ですし、タバコが似合ってますもん」

言ってから、遠山は愛想笑いをたっぷりと加える。

二十代でも、古い考えの男性はまだまだたくさんいる。

女だから……。

女のくせに……。

こういうせりふを聞くと、異常にタバコが吸いたくなるのは昔からだ。カフェに立ち寄ってから既に二本を吸ってしまっていたが、気分を落ち着かせるために、三本目に火を点けた。

仕方がないのだ。

こういうときには吸わなければならないのだから。

タバコが必要なのだから。

タバコを吸わないと、精神状態をまともに保つことができないのだから。

「だったら最初からタバコを吸わない女の子とつき合えばいいじゃない」

自分好みの女に変えてやろうという遠山の思いあがりが気に食わない。

久美が目を見開いてこちらを見つめた。

「早和さん、そういう言い方って……」

遠山がそっと久美の背中をさする。

「しょうがないんですよ。俺、コイツに惚れちゃってるから」

「やだあ、人前で」

見つめ合い、二人だけの世界に浸っている。

そんな二人から目を逸らし、唇に力を入れてタバコを思いきり深く吸った。そして息を止め、煙を長く肺に入れておく。そうすれば、ニコチンを最大限に吸収できるのだ。なんという知恵者なのだろう。我ながら感心する。伊達に長年タバコを吸ってきたわけじゃない。久美とは違って、年季が入っているのだ。

「じゃあ、お先に」

二人を残して店を出た。

出社して自席につくと、タバコを吸う時間割をノートに書き出してみた。

既に今日は自宅で三本、カフェで三本の計六本を吸ってしまっている。残りは十三本だ。帰宅後のために五本は残すとすると、退社するまでに八本は吸える。昼休みに最低でも二本はまとめて吸うとしたら、残りは六本。それを勤務時間で割ると……次に吸えるのは十時半である。

ああ、待ち遠しい。

十時半になるまでいったい何度時計を見たことだろう。まるで約束の時間になっても現われない恋人を待っているかのようだった。

仕事がまったく手につかない。

やっと九時半だ。

時の流れが遅い、遅すぎる。

ああ、やっと九時四十分。

まだ九時五十分か。

ああ、やっと十時。

あと三十分で至福のときが訪れる。そう思うと、心底嬉しくなった。

やっと五分前。

そろそろ準備に取りかかろう。タバコタイムを存分に楽しむためには、用意万端整えなければならない。

タバコの入ったポーチを持って席を立った。廊下に出て自動販売機でコーヒーを買う。

無上の喜びが刻々と近づいてくる。

駐車場に出ると、誰もいなかった。誰にも邪魔されることなく、心ゆくまでタバコを味わえる。

火を点けて思いきり深く吸い込んだ。減煙法を始めてからというもの、根元まで吸う癖がついた。そのせいで、何日か前に中指を火傷したのだった。今も絆創膏が貼ってある。

くわえたタバコの上にいきなり雨粒がぽつんと命中した。

見ると、巻き紙が濡れている。

どうしていきなり雨が降ってくるわけ？

だから梅雨は嫌いなのだ。いったい、いつになったら屋根をつけてくれるのだろう。

まだひと口しか吸っていなかったのに、捨てざるを得なかった。

だけど、今のは〈今日の本数〉に換算しなくてもいいのでは？

いや、そんなこと言い出したらきりがない。

でも……。

雨に濡れるのもかまわず、腕組みをして真剣に考えた。

それよりも何よりも、もう一本吸わずにはいられなかった。ロッカールームから置き傘を持ってこよう。話はそれからだ。

結局その日は、自宅に帰った時点で残りは一本になっていた。あれほどきっちりと時間割を考えたというのに、ストレスが溜まって吸わずにはいられなかったのだ。それもこれも梅雨と遠山のせいである。

自宅に帰ると、自分の部屋に直行した。机の上にある未開封のタバコの箱をじっと見つめる。

絶対にダメ。

これは明日の分なのだから。

だけど……帰宅後ほっとして一本、夕飯前の空腹を紛らわせるために一本、夕飯後に一本、ニュース番組を見るときに一本、入浴後に一本。最低でも五本は必要なのだ。いったいどうすればいいのだろう。

そうだ、今朝カフェで吸ったとき、根元まで吸わなかったのではなかったか。遠山が『女のくせに』なんて言うからいけないのだ。そして十時半の突然の雨。そうそう、会社を退ける直前の一本にしても、根元までは吸わなかったはずだ。あれらの分をまとめて一本と数えてもいいのではないだろうか。そういうことはアリだろうか。それともそういうのは卑怯だろうか。

考えれば考えるほど頭が混乱してくる。

結論を出す前に、よく冷えた麦茶を飲もう。何かを飲むと、気分が落ち着くはずだ。

台所に入って冷蔵庫の扉を見た途端、息を呑んで立ち尽くした。

——タバコを吸うと癌になる。

——苦しんで死にたいか。

——老後の楽しみは全部消える。(一例として旅行)

——その一本を我慢しよう。

マグネット式の黄色いラベルは、ほかに貼る場所がなかったので、冷蔵庫にまとめて貼ったのだった。今まで見ないようにしていたのは、このラベルを見ることによってタバコを吸いたくなるからだ。それなのに今、迂闊《うかつ》にもじっくり目を通してしまった。

ああ、やっぱり吸いたい。

もう疲れた。

本数を数えるなんて、いちいち面倒なのだ。

コップに麦茶をなみなみと注ぐと、部屋へ取って返し、麦茶片手にタバコを吸いまくった。

3

予約制の割には、今日はずいぶんと待たされる。

禁煙外来の待合室で、会社から持ち帰った業界誌を読みながら、意識の片隅で患者の流れを追っていた。課長から突然、業界誌を読んで知識を広げるように言われたのは先週だった。一般職の女性に対する上司の態度が日に日に変わってきつつある。雑用以外の、やりがいのある仕事をまわしてもらえるかもしれないと思うと、やる気も出てくる。

しかし、それにしても遅い。予約制なので、あとから来た患者が、先に名前を呼ばれても不思議ではないのだが、それにしても……。

もしかして、忘れられているのではないだろうか。

「あのう、すみません。十一時に予約している岩崎早和子と申しますが」

受付の小さな窓口を覗き込み、鉛筆を走らせている女性看護師に尋ねてみた。

「岩崎さんですね。……ああ、もうすぐですから」

どうやら忘れられていたわけではないらしい。

ソファに戻って廊下の掛時計を見上げると、昼を過ぎていた。

待合室から人がどんどんいなくなる。

とうとう最後のひとりになってしまった。

どうしてだろう、これはやっぱりおかしい。そう思ったとき、「岩崎さん、診察室へどうぞ」という声が、誰もいない廊下に響き渡った。

「はい」

診察室に入ると、三浦がにっこり笑ってこちらを見た。

「早和子さん、このあと何か用事ありますか?」

「いえ、特には」

何か時間のかかる検査でもするのだろうか。

「じゃあ一緒に昼食でもいかがかしら」

「えっ？」

驚いて三浦を見る。

「お腹も空いたし、お食事をしながらじっくりと禁煙のアドバイスをしましょう」

願ってもないことだった。

一回五、六分のカウンセリングだけではやめられそうもないと思い始めていたのだった。

「ありがとうございます」

「玄関で待っていてください」

三浦はさっと立ち上がり、白衣を翻しながら診察室を出ていった。

診察順を調整して、最後の患者となるようにしてくれたらしい。意志薄弱な患者に対しては、特別に時間を取ってじっくり指導する方針なのだろう。脱落者が多くなると、評判にも悪い影響が出るだろうから。

やっぱり三浦でよかった。こんな細やかな対応は、ほかの医師ではあり得ないことだ。こういうところが彼女の良さであり、だからこそ有名になったのだろう。

外は相変わらず雨が降っていた。

病院の玄関で待っていると、白衣を脱いでグレーのパンツスーツになった三浦が颯爽と現われた。

病院近くのレストランは、こぢんまりした白い建物だった。ぐるりに紫色のセントポーリアが植えられている。手入れが行き届いていた。

「いらっしゃいませ。お二人様ですね」

ほっそりとした品のある女性店員は、三浦と顔馴染みらしく、親しげな笑みを浮かべている。

店の中も白で統一されていた。ここのところ毎日のように雨がしとしとと降り続いて蒸し暑いからか、白い空間が心地好く感じられた。

「今日は喫煙席にしてちょうだい」

「えっ？」

店員は驚いたような顔をして三浦を見たあと、視線をこちらに移動させた。軽蔑の目の色だった。

「喫煙席となりますと、こんなお席になってしまいますが、先生、よろしいですか？」

案内されたのは、店員が厨房へ行き来する通り道になっている落ち着かない席だった。庭の花壇が見渡せる窓辺の席は、すべて禁煙席であるらしい。

私なら禁煙席でもかまいませんよ、とはどうしても言えなかった。待合室で延々と待たされているときからタバコが吸いたくてたまらなかったからだ。

「すみません」

こんな私なんかに気を遣っていただいて……。

テーブルの片隅に、ガラスの灰皿が置いてあるのが視界に入る。早速タバコを取り出して火を点けた。深く吸ってゆっくりと吐き出すと、生き返ったような心地がした。ニコチンが身体中の血液を駆け巡り、やっといつもの自分を取り戻せた。

「減煙する方法は、うまくいってますか？」

「いえ、ダメでした」

「ストレスの溜まることがあったんじゃないですか？」

呆れられるのを覚悟していたのに、意外にも三浦は優しく尋ねてくれた。

「ストレス……ですか」

いったいストレスとはなんなのだろう？

あらためてストレスという言葉の意味を考えてみる。世の中の風潮として、なんでもかんでもストレスというものに責任転嫁していないだろうか。それが何物なのかもわかっていないくせに、日頃からストレスという言葉を便利に使いすぎてはいないだろうか。

「どんな小さなことでもいいので、正直に話してみてください」

「はい。そういえば夫に八つ当たりをしてしまいました」

「というと？」

「私がタバコをやめられないのはあなたのせいだと言って、詰《なじ》ってしまいました」

決して夫のせいなんかではないのに。

意志が弱いだけなのに。

「それは一理ありますよ。だって、もしもご家族の誰もがタバコを吸わなかったとしたらどうですか？　ちょっと想像してみてください」

想像しようとして宙を見つめる。

家族が誰ひとりとしてタバコを吸わなかったとしたら……タバコや灰皿さえ捨ててしまえば、家の中にはタバコを思い出させるものがなくなる。

タバコの存在を思い出すきっかけがあるかどうかは、禁煙しようとする意志に大きな影響を与えるものだ。そのことは、何度も禁煙に挑戦してきた経験から身に沁みている。タバコをやめようとしているのに、その存在を思い出したが最後、猛烈に吸いたくなるのだ。

「タバコを吸うご主人と同居している限りは、一生タバコをやめられないかもしれませんね」

「そんな……」

「この前もご自分で言ってましたよね。どうしても我慢できなくなって、ご主人の部屋にタバコをもらいに行ったって」

「はい、そうでした」

店員がステーキランチを運んで来た。黒胡椒のいい香りがする。

「やはり、ご主人の部屋に行きさえすればタバコが手に入るのと、夜遅くにわざわざタバコを買いに行かなきゃならない違いは大きいですよ」

「それはそうかもしれませんが……でも、夫の部屋にタバコがなかったら、外に買いに行ったと思います」

「夜遅くても、ですか?」

「はい」

たとえ大型台風が吹き荒れていようとも、真夜中であろうとも、タバコが吸いたいと思ったら地の果てまでも買いに行くだろう。

いつだったか、由利子や久美たちと、一箱一万円になったらどうするかと、冗談めかして話をしたことがある。そのときは、いくらなんでも一万円になったらやめざるを得ないと簡単に考えていたが、それは間違いだったかもしれない。どんなに高価になっても、きっとやめられないだろう。そして、自分と同じようにやめられない人間はたくさんいるはずだ。となると、タバコを買うために借金まみれになったり、タバコを盗んだり、こっそりと裏庭でタバコの葉を栽培したり、密輸入や闇取引があったり……つまり、麻薬や覚醒剤と同じようになるのではないだろうか。それが中毒というものなのだから。

依存症というものを、三浦は本当に理解しているのだろうか。

彼女に対する信頼が揺らぎ始めて悲しかった。

もうこれで最後の頼みの綱を失ってしまう。

「前にも言いましたが、ご主人を説得して一緒にタバコをやめたらどうですか」

「それは無理です。夫はタバコをやめるのをあきらめてますから」

夫のようなタイプは多いと思う。二十年以上もあきらめずに悪あがきしている方が珍しいのだ。

「ご主人は早和子さんがタバコをやめられなくて苦しんでいる姿を日々見ているわけですよね？」

「はい、そうですが……」

「禁煙外来に来る男性の場合、奥さんがついてくる場合が少なくないんです。たいていの場合、奥さんはタバコを吸いません」

「えっ？　じゃあ奥さんは何しに来るんですか？」

「ご主人と一緒に医師の禁煙指導を聞きにくるんです。野菜中心の食事にしたり、薄味にしたり、晩酌をやめさせたりと、奥さんが協力できることがたくさんありますからね。要は、夫が苦しんでいるのを見ていられない、何でもいいから手助けしたいという強い思いがあるんです」

その言い方だと、まるでうちの夫が優しくないみたいに聞こえる。

「ところで、夫婦仲はいかがですか？」

「え？　夫婦仲、ですか？」

「ごめんなさい、プライベートなことを聞いて」

「いえ、とんでもないです」

「プライベートなことを聞くのも治療の一環なんです。とはいえ、答えにくいことは無理に答える必要はありませんよ」

「大丈夫です。夫婦仲はいい方だと思います」

「あら、そうなんですか？」

三浦が、そっと溜息をついて、窓の外に目を移した。

嘘をついていると思われたに違いない。

――夫に大切にされていないかわいそうな妻。

彼女の頭の中では、イメージができあがっているのだ。

――苦しむ妻を見て見ぬふりをする夫。

他人からは、そう映るのだろうか。

惨めな気持ちを振り切るように、タバコを深く吸いこんだ。

4

最悪だ。

禁煙外来に通い始めてから、ものすごくタバコの量が増えている。カートン買いしているのに、すぐになくなってしまう。何日でワンカートンがなくなるのかを知るのが恐くて、最近は数えていない。

「日香里が心配してるぞ。最近のお母さんは暗いって。会社で何かあったのか?」

夫が心配そうに尋ねる。

「別に何も。また例によって禁煙がうまくいかないだけ」

「まあ、そう落ち込むなよ。タバコはそう簡単にはやめられないよ」

「それはそうだけど……」

「俺も昔、何度か挑戦してみたけど、無理だったよ」

「やっぱり無理なのかな……でも、私はどうしても吸わない人間に生まれ変わりたいの」

「その気持ち、わかるよ。俺もやめられるものならやめたいよ。駅も道路も禁煙で、普段の生活も不便になったもんな。それにこの頃は、吸わない人の方が清潔な感じがする。タバコ吸うやつは品も教養もないって感じ。昔はそんなこと感じたこともなかったのにさ」

そのとき、風呂から上がったばかりの日香里が、パジャマ姿でリビングへ入って来た。バスタオルを頭に巻いたまま台所へ行き、冷蔵庫を覗いているのがキッチンカウンター越しに見える。

「本当に嫌になっちゃう。タバコもやめられないなんて、どうしようもなく意志が弱いよね」

「何言ってんのよ、お母さん」

日香里にも聞こえたらしい。台所から出て来た日香里は、葡萄ジュースの入ったグラスを持っている。照明の光がグラスに反射して、アメジストのように美しく深い紫色に輝いていた。

「お母さんのような人が意志が弱いなんてことになったら、世間の人はいったいどうなるわけ？　家庭と仕事を両立するなんて、意志の弱い女の人にはできないよ。いつも疲れて大変そうなのに、へこたれずに二十年も勤め続けてきたじゃない」

「そう言われてみればそうだな。日香里の言う通りだよ。早和子は意志の弱い人間なんかじゃない。努力家だし、頑張り屋さんだよ。早和子ほど向上心のある人間なんて、滅多にいないよ」

どう褒められたところで、虚しかった。タバコをやめることができない人間であることに違いはないからだ。

「同級生の中でも、うちのお母さんみたいにフルタイムで働いている人は少ないよ。亜紀ちゃんのお母さんなんて会うたびに、忙しくて大変なのよ、なんて言うけど、聞いてみたら一日たった三時間のパートだよ。それなのに、七十歳にもなる実家の母親に、いまだに家事を手伝ってもらってるよ」

だから、なんなの？

亜紀ちゃんのお母さんは私と違って立派なのよ。だってタバコを吸わないんだもの。

「早和子、もしかしたら意志の強さとタバコをやめることとは関係ないかもしれないぞ。」

夫は腕組みをして首を傾げた。

「だいたいさあ、パパが吸ってるのに、お母さんだけやめるなんて無理じゃない？　パパが悪いよ」

「いや、それは……確かにその通りかもしれない。ほんと、申し訳ない。俺もわかってはいるんだけど……」

「いいの。タバコはやめられないものだと悟っているだけあなたは賢いよ。私みたいにじたばたしたって、却って本数が増えるだけだもの」

日香里は立ったまま葡萄ジュースを飲み干した。

「あれっ？　ここに置いてあった私の電子辞書、知らない？」

「あっごめん、俺の部屋だ」

「パパ、使ってもいいけど元に戻しておいてよね」

そう言いおいて、日香里は夫の部屋へ向かった。

電子辞書は見つかったようで、すぐに日香里はリビングに戻って来た。

「パパの部屋で、こんなの見つけちゃった」

鎖状のものを指でつまんでゆらゆらと揺らしている。

「あっ、それは違うんだ」

夫が慌てて立ち上がる。

「このブレスレット、確かこのブランドの最新作だよ。パパ、買ったの？」

「伯爵夫人だよ。本当に参っちゃうよ。そんなの要らないのにさ」

「ほんと？　パパ要らないの？　じゃあ私にちょうだい」

日香里がそう言った途端、夫は反射的にブレスレットを奪い取っていた。

「ダメなんだよ、これは」

あまりの剣幕に、一瞬しんとなる。「いや、なんて言うか……もともともらう筋合いでもないし、今度から返そうと思ってね。俺もホストじゃないわけだし」

講師としての立場が心配だった。プレゼントをつき返されたら、年配の女性は傷つくだろう。長年に亘り、お金持ちの奥様として暮らしてきたのであれば、プライドも高いはずだ。

「お母さんの禁煙の話に戻るけど、別の入口を捜してみればいいんじゃない？」

最近、日香里は〈別の入口〉という言葉にはまっているようで、何かというと、この言葉を使いたがる。

去年、日香里は朝の連続テレビドラマのヒロインのオーディションに落ちた。それからしばらくは落ち込んでいたのだが、そんな日香里を救ったのが、モデル事務所の先輩の放ったこの言葉だったようだ。

日香里の慕う先輩は、そのオーディションに落ち続けて五年目というのだから年季が入っている。それでもあきらめずに自分なりに試行錯誤してイメージチェンジを図ってみたり、どういった感じの女性がヒロイン役に相応《ふさわ》しいのかを研究したりしているらしい。その努力の甲斐あってか、ほかの映画やドラマから、ちょくちょく声がかかるようになったようだ。テレビドラマなど、ほとんど見ることのない早和子でも知っている程度には有名になっている。

「何ごとも試行錯誤だって先輩に言われたよ。モデルだろうが女優だろうが、顔じゃなくて頭だって。いつか道は拓けるって。お母さんの禁煙チャレンジもきっとそうだよ」

「ありがとう」

言いながらも、それとこれとは全然違うと思った。タバコをやめる苦しさと、新しいことにチャレンジする楽しさとでは比べようもない。

「お母さん、真剣味が足りないんじゃない？」

「そうかもしれないね」

どうでもよくなってきて、いい加減な返事をする。ニコチン依存症になった経験のない子供の意見など、参考になるはずもない。

「先輩はね、我慢に我慢を重ねて揚げ物依存症から脱け出したんだよ。実は私も先輩を見習って、甘味依存症から脱け出せたの。最初はドーナツ屋の前を通るたびに悲しくなったり、コンビニでチョコを見るといらいらしたりしたけど、先輩の言うとおり、二週間我慢すれば平気になったよ。先輩は今では揚げ物なんて脂っこくて食べたいとも思わないって言うし、私は事務所の社長がみんなにパフェをご馳走してくれたとき、三口くらい食べたら気持ち悪くなったもん。前はあんなに好きだったのが信じられなかったよ。でもタバコは違うのかな……違うよね。きっともっともっと大変なんだよね。だから私は絶対に吸わないよ。お母さんがやめられなくて苦しんでいる姿を見てると、絶対に吸えない」

「できることがあったら言ってね。なんでも協力するからね。お母さん、かわいそう……」

「日香里は賢いわね」

日香里は今にも泣き出しそうな顔で、そう言った。

「自分が吸っててこんなこと言うのもナンだけど、俺も協力できることがあったらするよ」

そう言いながら、夫がタバコに火を点けた。「健康のことを考えても、やっぱりタバコはやめた方がいいもんな」

「……そうね」

早和子もタバコに火を点け、思いきり吸い込む。

「俺、明日からはリビングでは吸わないことにする。俺が吸ってるところを見たら早和子も吸いたくなるだろうから、これからはアトリエだけにするよ」

「そう……ありがとう」

周りが協力してくれたところで、どうせやめられない。

その夜は、夫や娘が優しいことを言ってくれればくれるほど、無性にタバコが吸いたくなったのだった。

第五章　禁煙日記

1

夕方の六時をまわったというのに、気温はまだ三十度はありそうだった。

会社近くの居酒屋の玄関には、小振りの向日葵《ひまわり》が活けてあった。今夜は、暑気払いと銘打った課内の飲み会である。

定例会議が長引いたため、柿沼主任とともに、少し遅れて店に到着したのだった。店員に案内された座敷に一歩足を踏み入れると、既に飲み会は始まっていて、あちこちから笑い声が聞こえて賑やかだった。

——昭和も遠くなりにけり。

知らない間に口の中でつぶやいていた。

若い社員たちは奥まった席に固まって座っている。山城課長はと見ると、入り口付近にぽつんとひとり座って手酌でビールを飲んでいた。

「なんで若手が上座にいるのかなあ」

主任がぼやく。

空いている席といえば課長の周りだけだったので、早和子は課長の隣、主任はその向かいに腰を下ろす。

「ご苦労さん」

課長がビールを注いでくれた。

喉が渇いていたので一気に飲み干した。お腹も空いていた。突き出しのキュウリとタコの酢の物を食べたあと、刺身に天ぷらにと、次々に箸を伸ばしていく。

「喫煙席と禁煙席に分けてほしいもんだわ、ねっ、そう思わない?」

並木沙織《なみきさおり》が、課長の向かいの席に腰を下ろすなり言った。彼女は先月から庶務係として課内で働いている派遣社員で、三十代後半の主婦である。働きに出るのは十五年ぶりらしい。そのせいなのかどうかは知らないが、相手が部長だろうが課長だろうが、まるで友だちのような口ぶりで話しかける。

彼女はパソコンに関しても結構詳しいし、臨機応変に仕事ができる有能な女性なのだが、会社における上下関係というものがまるでわかっていない。いや、わかっていないというよりも、納得できていないと言った方がいい。早和子に対しても、正社員と派遣社員という立場の違いや、年齢差までも無視して、子持ちの主婦同士という馴れ合い感覚を前面に押し出してくる。

「早和さんの前で言うのも悪いけどさ、身体に悪いとわかっててタバコを吸う人間の気が知れないよ」

「並木さんのご主人は吸わないの？」

そう尋ねながらタバコに火を点ける。

「タバコ吸うような男と結婚したりしないよ」

そんなの常識じゃない、とでも付け足したいような表情だ。

不毛な会話をこれ以上続けたくなかったので、身体の向きを変え、奥の方に座っている若い社員たちの方を眺めた。時代は変わった。今どきの若者たちは、タバコを吸わない方が多数派だ。

いちばん奥のテーブルでは誰ひとり吸わないようだ。その隣のテーブルは、喫煙者がひとりだけいる。三十代後半の男性だ。彼がタバコの煙を吐き出すと、隣の若い女性社員が、座る位置をそっとずらした。彼女が煙を避けようとしているのを、彼は気づいていないようだ。

そのまた隣のテーブルでは、男性二人が同時にタバコに火を点けるのが見えた。彼らに挟まれて座っている三十歳前後の男性が、座布団ごと後ろへ下がり、煙を避けるために背中を丸めて頭を下げた。そのことにも、両側の男性は気づいていないようだった。ショックだった。タバコの煙が迷惑なのはわかっていたが、そこまで嫌がっているなんて知らなかった。もしかして自分も、今までいろいろな場面で、数々の無神経な行ないをしてきたのではないだろうか。

考えてみれば、子供の頃からコーヒーとタバコの匂いが好きだったからといって、世間の人がみんなそうであるわけがないのである。むしろ、タバコの匂いを嫌っている人の方が多いはずだ。

それにしても、いつの間に、タバコを吸う人間がこれほど少数派になってしまったのだろう。

みんなすごい。

タバコを吸わないなんて尊敬する。

誰も彼も偉人のように思えてくる。

自分が情けなくなる。

ふとそのとき、小学生だった頃の家の様子が頭に浮かんだ。よく父親に頼まれてタバコを買いに行ったものだ。自動販売機のない時代だったから、小さな間口のタバコ屋に行ったのだった。あの時代は、どの家でも父親がタバコを吸っていた。

えっ？

あれっ？

私はそのとき……タバコを吸っていなかった！

小学生だった頃はタバコを吸っていなかった！

当たり前のことだけど、なんと長年忘れていたのだろう。タバコを吸い始めたのは大学へ入ってからなのだから、それ以前は吸っていなかったのだ。

あの頃は、タバコなどなくても平気だった。家の中で父親がタバコを吸っていても、タバコにはまったく関心がなかった。暗くなるまでドッジボールに夢中だった小学生の頃……。

売っていなければ……そうだ、この世の中にタバコなんか売っていなければよかったのだ。そうしたら、小学生だったときと同じで、タバコに興味のない人間でいられたのだ。

子供の頃、タバコを吸わなかったけれど、それが果たして尊敬に値するようなことだろうか？

まさか。

小学生の頃タバコを吸わなかったのは意志が強かったから？

違う、全然違う。見当はずれだ。

「偉いのかな。タバコを吸わない人って」

無意識につぶやいていた。

「偉くなんかないさ。僕たちの年代でタバコを吸わないやつなんて、根性なしばっかりだよ」

タバコを吸わない課長が意味不明なことを言い出した。

「それ、どういう意味よ」

並木がいきり立つ。

「僕と同年代で、十代の頃にタバコを吸ってみようと思わなかったやつなんて、人間として面白味のないやつに決まってるさ。誰だって不良っぽいことに挑戦してみたい年頃なんだから」

意外なことを言う。

タバコを吸うために席を立つたび、課長の視線が背中に突き刺さると思っていたのは勘違いだったのだろうか。確かに、注意されたことは一度もないが。

「うちのダンナが根性なしみたいじゃないの」

「違うよ。君たちの世代は別さ。『吸いすぎに注意しましょう』とタバコのパッケージに警告文が書かれていたような時代に育ってるんだから」

「もしかして、山城課長も若かりし頃はヘビースモーカーだったんですか?」

尋ねてみた。

「学生時代に初めて吸ったとき、頭がくらくらしたんだよ。それで、それ以上吸えなくなったんだ」

言ってから課長は、ひとりで苦笑している。

並木は満足そうにうなずいてからビールを飲み干した。相当酔いが回っているのか、目が据わってきた。

「ひと口吸っただけでくらくらするってことが、身体に悪い証拠なのよ。それがわかった時点で、まともな人間なら普通は吸わないでしょ。それでも吸うのは愚か者よ」

並木は言いきった。

その隣に座っている主任は、憮然とした表情でタバコをくゆらせている。

「それは違うよ、並木さん」

課長が、彼女にビールを注いでやりながら続ける。「それくらいのことですぐにあきめるやつは根性がないんだよ。だってあの時代、大人の男はみんな吸ってたんだ。大人になろうと思ったら、頭がくらくらしたり、咳き込んだりしたくらいでやめたりしちゃダメさ。それを乗り越えてちゃんとしたニコチン中毒になるべきだったんだよ」

本気で言っているのだろうか。それとも皮肉なのだろうか。

「課長、その通りです！」

主任が叫んだ。こちらもかなり酔っているようだ。

「俺が若かった頃なんてね、タバコも吸えないような男なんて、つまんねえやつばっかりでしたよ。あの当時の映画やテレビドラマを思い出してみても、タバコは男のロマンそのものでした」

主任がよどみなくしゃべる。喫煙を正当化するために、日頃から誰かに頻繁に語っていることなのかもしれない。

「柿沼くん、かっこつけるためだけじゃなかっただろ。青春時代は情緒不安定だから、タバコに癒しを求めたんだよ」

「嬉しいなあ。課長がタバコに理解があったなんて。ちょっと、おねえさん、梅サワーお代わり。だけど女性は別ですよ。早和さんの前でこう言っちゃなんだけども、女性のタバコはみっともないよ。あばずれの証拠ですよ。ねえ課長」

「僕のかみさんも娘もヘビースモーカーなんだよ。しかし、あばずれって言葉も久しぶりに聞いたな」

課長は笑ったが、反対に主任の顔からは笑いが消えた。

「嘘でしょう。課長の奥さんも娘さんも、一度だけお見かけしたことがありますが、とてもタバコを吸う女性には見えませんでしたよ。お二人とも上品だったし。いや本当です」

主任は一生懸命取り繕おうとするが、墓穴を掘るばかりだった。

「あんた、何ふざけたこと言ってんのよ。だいたい自分が吸ってるくせにおかしいじゃない。女のことばっかり槍玉に挙げてよく言うよ」

嫌煙家である並木にすら反感を買ったようだ。

「ところで課長、夏休みのご予定は？」

話題を変えたかった。

普段から男尊女卑的な考えの色濃い主任など大嫌いだから、彼を庇う気持ちなどさらさらなかったのだが、年齢とともに、不愉快な話題に時間を割くのが嫌になってきている。

「山に籠ってグラス作りさ。今度こそ納得のいくものを作りたいと思ってね」

課長がガラス工芸を趣味としていることは、課内では有名だ。

「家族サービスはしなくていいんですか？」

主任が愛想笑いを浮かべて尋ねる。

「そんなのもう卒業したよ。娘はとっくに嫁いだし、かみさんはフラメンコ教室に夢中だし、今では休暇は夫婦それぞれに好きなことをしてるんだよ。物見遊山もいいけれど、たったひとつのグラスを作るためだけに一週間を使うのもなかなかいいもんだよ。早和さんなんかも、そろそろ自分のためだけに夏休みを使ってもいいんじゃないの？　娘さんももう大きくなっただろ」

「自分のためだけの一週間、ですか……子育てに追われていた頃を考えれば、まるで夢のようですね。家族のために使う一週間はあっという間に終わっちゃいますけど、自由に使えるとなれば、いろいろなことができそうです。想像しただけで、なんだかわくわくしてきました。でも、何をすればいいのかな。日頃忙しくて掃除が行き届いていないから、ガスレンジや換気扇の掃除で終わってしまう気もするし……」

「それじゃあせっかくの休みがもったいないよ。あれもこれもと思わずに、ひとつのことだけに集中した方が有意義だと思うよ」

「でも、私は課長みたいに素敵な趣味があるわけでもないですから……」

「早和さんの、今いちばんの望みは何？」

「今のところ、特に思い当たりませんねえ」

嘘をついた。

今いちばんの望みは、タバコを必要としない人間に生まれ変わることである。

「休暇は自分の望みを叶えるために使うといいよ。僕はガラス工芸が若い頃からの夢だったんだ。今は忙しくて休暇のときしかできないけど、定年後はもっと本格的に取り組みたいと思ってるんだよ」

禁煙するためだけに、夏休みの一週間を使ってみたらどうだろう。

そしてその一週間は、タバコをやめる目的以外のことには一切、労力も気力も遣わない。

タバコをやめるためだけの一週間。

家事も家族も意識から捨て去って、タバコをやめることだけに集中する一週間。

タバコをやめるために、ほかのことはすべて犠牲にできるとしたら……。

帰りの電車の中でも考え続けていた。

八月というのは、夫も日香里も一年のうちで最も忙しい時期だ。日香里はモデルの仕事を夏休み期間に集中してやり遂げなければならないし、夫はカルチャー教室が昼間部も夜間部も連日あるはずだ。

つまり、会社が休みの一週間は、昼間に家にいるのは早和子ひとりだ。誰にも邪魔されずに自分の心に向き合うことができる。真剣に禁煙に取り組めるのではないだろうか。失敗したって何も失うものはない。禁煙できなかったところで、タバコを吸ういつもの生活に戻るだけだ。だから、失敗しても落ち込むのはよそう。

家に帰ると、生協の注文パンフレットを広げた。惣菜のページを開く。電子レンジで温めるだけで、すぐに食べられるような調理済み食品ばかりが掲載されている。夏休みの一週間は、タバコをやめることだけに集中したいから、家事はなるべく軽減しよう。

油性マジックを片手に、めぼしい物にマルをつけていく。

きんぴらごぼう、海老ニラ貝柱饅頭、冷凍ジャンバラヤ、冷凍柿の葉寿司、鯵の南蛮漬け、秋刀魚生姜煮真空パック、冷凍大阪ごっつ旨いお好み焼き、ピザ、国産野菜具沢山五目厚揚げ……。

そうだ、切るだけで食べられる野菜も注文しておこう。不揃いトマト一キログラム、曲がりキュウリ十本入り、レタス、ルッコラ……。

待てよ。調理しないと食べられないものも注文しておいた方がよいのではないだろうか。なんせ一週間も休みなのだし、もともと料理は嫌いな方じゃないから衝動的に作りたくなるかもしれないし、気が紛れることもある。

茄子、ピーマン、人参、かぼちゃ、小松菜、いんげん、にがうり、オクラ、ブロッコリー……多いかな。いや、禁煙本によると、ビタミンはたくさん摂った方が成功しやすいのだった。とはいっても、そうしたところで禁煙できた経験などないわけだけど。

まっいいか、迷信を信じるようなつもりで注文してしまおう。

夫と日香里だけには、禁煙にチャレンジすることを伝えておこう。そして、その一週間だけは、急に不機嫌になったり、いらいらしたりするのを許してもらうように、前もって頼んでおこう。

たぶん、必要ないと思うけど、念のために飴やガムも買い揃えておこう。でも、口に入れた途端に吸いたくなるのだ。うん、飴とガムは買うのをよそう。今大事なのは、世間一般に言われている禁煙方法の常識ではなく、自分自身はどうか、なのだ。

前日までに、掃除も洗濯も済ませておこう。休暇の一週間だけは、少々埃が溜まろうと、洗濯物が溜まろうと、ずぼらを自分に許すことにする。

まだ夏休みまでに日にちがある。じっくりと作戦を練ろう。

最終手段じゃないぞ、ダメでもともとなんだから。

そう自分に言い聞かせた。

2

夏期休暇が始まった。

会社の休みは月曜日から金曜日までの五日間であるが、前後の土日を合わせれば、九日間が自分の自由時間である。

禁煙本によると、最初の四日間の禁断症状を乗りきることさえできれば、あとはぐっと楽になるらしい。だから、まだ焦ることはない。九日間あるうちの、今日一日くらいは準備期間として使おう。そしていよいよ、明日から禁煙にチャレンジするのだ。

土曜日の今日は、夫も日香里も朝から仕事で出かけていて、家には早和子しかいなかった。自室の机の上に〈禁煙ノート〉を広げ、タバコをゆったりとした気持ちで吸いながら、昨夜書いたページを眺めた。


〈禁煙の目的〉
一、自分に自信をつけるため。
二、寝たきり老人にならないため。
三、タバコ顔、タバコ声にならないため。
四、必死になって喫煙所を探さなくても済む、便利な生活を送るため。

今回は、タバコや灰皿を捨てるのをやめてみようと思う。禁煙に失敗したときに、灰皿を買いに行く惨めさを、二度と味わいたくないからだ。

それに、今までの度重なる失敗から考えると、吸おうと思えばいつでも吸えるという状態に身を置いている方が、猛烈に吸いたいのにタバコがないというパニックに陥らないだけマシなような気がしている。

きっと、三浦ならとんでもないと言うだろう。でも、一般論はもう聞きたくない。この岩崎早和子という人間がどういう場面で何を感じ、どう行動するのか、それだけが大切なのだ。

自分だけのやり方を考えよう。禁煙方法は千差万別だ。ほかの人がどうあれ、自分だけのやり方を探し求めることが重要な鍵となる。

タバコは二箱買っておいた。しかし、わざわざ目につくところに置いておくのはダメだ。吸いたいと思っていないときでも、タバコの存在を思い出してしまうと猛烈に吸いたくなるからだ。

タバコとライターと灰皿は、机のいちばん下の引き出しにしまっておこう。普段は使っていない引き出しだ。こうしておけば、タバコは目に触れないが、そこに確かにあるという安心感を得ることができる。要は、吸おうと思えばいつでも吸えるのだが、吸わないという選択権を自分に与えたままでいられるのだ。

遅い朝食をとったあと、車を運転して近所のスーパーへ行った。生協で果物を注文し忘れたからだ。どの禁煙本にも、果物を多く食べた方が禁煙しやすいと書いてあるが、それを信じたわけではない。ただ、迷信を信じるような感覚で、一応は買い揃えておこうといった軽いノリである。食べたくなければ、夫や日香里が食べればいい。

スーパーのカートの上下段ともにカゴを入れ、果物売り場を見てまわった。

桃、ピオーネ、さくらんぼ、メロン、マンゴー、スイカ、パイナップル、バナナ、リンゴ、グレープフルーツ、キーウィ……。

これで足りるだろうかとふと立ち止まったとき、斜め前から強い視線を感じた。顔を上げると、スーパーの制服であるモスグリーンのブレザーを着た男性が、果物ばかりが入ったこちらのカゴを物珍しそうに見ていた。目が合った途端にいきなり愛想笑いをする。胸につけた名札には店長と書かれていた。

「とっても重いですよ。お持ち帰りですか?」

すっと近づいて来た。

「ほんとだわ。重いわね」

カゴを持ち上げてみようとしたが、まったく持ち上がらない。そういえば、ミネラルウォーターも買わねばならないのだった。「車で来たから大丈夫です」

そう言いながらも、自宅マンションの駐車場から部屋までどうやって運べばいいのかと考える。少しずつ運ぶとなると、何往復もしなければならない。

「五千円以上なら無料でご自宅まで配送いたしますよ」

「あら、そうだったわね。じゃあそうしてもらおうかな」

五千円以上になるようにさらに買い足した。

レジで支払いを済ませて店を出ると、外は既に炎天下になっていた。駐車場に停めていた車のドアを開けると、中はサウナのようだったので、ドアを大きく開け放したままエンジンをかけた。

夫に悪いことをしてしまった。買い物に行くからと、いつもは車で通勤している夫に、今日だけは電車を使ってもらったのだった。スーパーに無料の配達サービスがあることをすっかり忘れていた。

車に乗り込み、駐車場を出る。

これで準備万端だろうか。信号待ちをしながら考えた。

最もタバコを我慢できないのは、朝起きたときだ。そのときのために果物を買った。だけど、食べられなかったらどうするか。朝から酸味の強いものは食べられないのではなかったか。そうなると、いつものように何杯もコーヒーをお代わりしながらタバコを吸ってしまいそうだ。確かバナナも買ったはずだ。バナナなら酸味がないから朝でも食べられないことはない。いや、待てよ。大好物なら朝からでも食べられるのではないか。

やっぱりあれしかない。

Uターンして、駅前商店街へ向かう。共同駐車場に車を停めると、〈ガトーフランセ〉を目指して歩く。この店のプリンとコーヒーゼリーが大好きなのだ。きっと朝でもつるっと喉を通ると思う。それらを大量に買い込んだあとは、迷うことなく〈ベーカリー村田屋〉へ向かう。レーズンがたっぷり入ったシナモンパンと、ひと口サイズのこしあんパンとアップルパイを多めに買った。

この際、朝から甘いものを食べたってかまわない、ということにしよう。とにもかくにも朝起きてすぐのタバコをやめなければ話にならないのだから。そのためには手段を選ばずだ。

八月九日（禁煙二日目）
――六時二十分
起床。
いつもどおり食欲なし。だけど、なんでもいいから口に入れなければ。
台所へ直行し、立ったままアップルパイをひと切れ口に押し込んだ。

偉い。

起床してタバコより先に食べ物を口の中に入れるのは何年ぶりだろうか。

やっぱり〈ベーカリー村田屋〉のアップルパイは寝起きでもおいしかった。

起きてまだ一本も吸っていないというのに咳が出る。

——七時

我慢できずに一本吸ってしまったけど、気にしないことにする。いつもならこの時点で五本は吸っているのだからと自分を励ます。

吸ったあと、気分が悪くなった。どうしてだろう。今までおいしいと思って吸っていたのは錯覚だったのだろうか。

タバコとライターは、いちばん下の引き出しに戻した。灰皿だけは、火事になったら困るからタンスの上だ。だけど、目につくとまた吸いたくなるから、陶器の人形の後ろに隠した。

息を吸うたびに気管からひゅーひゅーと音がする。今まで気づかなかっただけで、これまでも音がしていたのだろうか。息をするときに耳を澄ませたことなんてあったっけ。

日香里が台所でハムエッグを作っている。この一週間は夕飯作り以外の家事は一切やらないと家族に宣言しておいてよかった。

気が向かないことは一切しないでおこう。

――十一時
三本も吸ってしまった。

タバコ会社のCMがいけないのだ。タバコそのもののCMは禁止になったとはいえ、同じ会社の食品部門のCMは流れている。その会社名を目にした途端、「吸いすぎに注意しましょう」というテロップを思い出してしまったのだ。そうすると、猛烈に吸いたくなって我慢できなかった。

もう当分の間、テレビを見るのはよそう。

三本くらい大丈夫だ。いつもよりはずっと少ない本数じゃないの。

後悔するな。自分を励ます。

レンジでチンするだけの、生協の『冷凍大阪ごっつ旨いお好み焼き』を食べた。

――十四時
ふくらはぎがだるい。腕もだるい。たまらなくだるい。

腕も脚も切って捨ててしまいたいほどだるい。

――十七時

眠い。

タバコが吸いたいというよりも、すこぶる体調不良という感じ。

夕食だけは作らなくてはならないので、ご飯を炊いて茄子の味噌汁を作った。

それに、レタス、トマト、キュウリ、ハム、スライスチーズを切っただけのサラダ。

メインはどうしよう。そうだ、豚の薄切り肉をさっと茹でて、このサラダの上に載せてしまおう。夫も日香里もそれぞれにお気に入りの市販のドレッシングがあるから、今日はそれで勘弁してもらう。

食卓に並べてみると、なんだかみすぼらしかった。果物を添えよう。オレンジとキーウィを切ってガラスの器に入れる。ヨーグルトの上にプルーンを載せた皿も出す。なんだか朝ご飯みたいだけど、品数が増えて食卓がいっぺんに華やいだ。

――十八時半

食後に吸いたくなったが、アイスコーヒーを飲むと渇望感は収まった。タバコをやめたいならコーヒーもやめるべきだと言ったのは誰だ。ほかの人のことは知らないが、コーヒーはタバコを吸いたい気持ちを抑えてくれる。

ひと呼吸で吸える空気の量が多くなった気がするのは、錯覚だろうか。

肩こりがひどい。

突然どうしようもなく暗い気持ちになって、意味もなく涙がこぼれてきた。来し方を振り返り、いろいろな人に対して恨みがましい気持ちが湧き出てくる。自分がかわいそうでたまらない。しかし、次の瞬間には自分の至らなさばかりが思い出され、様々な人に対して申し訳ない気持ちでいっぱいになる。そして、生きてる価値もないのだと落ち込む。

つまりは、情緒不安定。

やっぱりニコチンなしでは情緒の安定が保てない身体になってしまっている。

――十九時

風呂上りに歯磨きをしているときに気づいたのだが、痰が出なくなっている。

今日はとにかく早く眠ろう。眠ってしまえば明日になる。

市販の眠くなる風邪薬を飲んでみよう。普段は薬を飲むことがほとんどないので、どんな薬でも効き目は抜群なのである。『十五歳以上は三錠』と書いてあるが、一錠で十分だ。

——二十一時半

風邪薬を飲んだのになかなか眠れなかった。どうしてだろう。こんなことは今までになかったことだ。

トイレに行こうと、夫の部屋の前を通りかかったとき、ドアの隙間からタバコの煙が流れてきたのだから運が悪い。我慢できずに寝室へ戻って一本吸ってしまった。

夫が喫煙者でない方が、やっぱりやめやすいかもしれない。

——二十二時半

また一本。

八月十日（禁煙二日目）

——七時

起床。

食欲はないが、無理にコーヒーゼリーを食べる。

だるい。眠い。

それは、今まさにニコチンが身体から出ていこうとしている証拠なのだ。しめしめ、もっともっと出ていけ。

禁断症状のつらさを楽しめたのは、初めてではないか。

なんだか、うまくいきそうな気がする。

結局、昨日は合計六本吸ったことになる。すごいことだ。一日にたった六本しか吸わなかったなんて。

――九時半

夫がカルチャーセンターにでかけて行って、自宅に喫煙者がいない状態になると、やっぱりほっとした。

便秘気味。

黄ばんでいた舌の色が多少は薄くなってきたような気がする。

掃除と洗濯をする。

野菜を食べてビタミンを摂ろうと、オクラとブロッコリーを塩茹でして食べる。

――十二時

トマトスパゲティを作って食べる。

――十三時

昼寝しようとするが眠れない。

吸いたい気持ちが強いが、今まさにニコチンを体内から追い出している過程であると思って我慢する。

お腹は空いていないのだが、眠れないので何か食べようと、冷蔵庫を漁る。セロリを洗い、セロリのくぼみに沿ってクリームチーズを埋める。それを五センチ間隔に切って、ぽりぽりと齧《かじ》る。

朝からずっとコーヒーを飲み続けているのに、いつもよりトイレの回数が少ない。どうしてだろう。

昼寝をしようと再挑戦するが、やっぱり眠れない。

鏡を見ると、額にあった吹き出物がすべて死んでいた。

――十五時

昼寝をあきらめて、気晴らしに駅前商店街をぶらぶらする。

——十八時

日香里と夕食。

二日目の夜だというのに禁断症状が治まる様子なし。

——二十時

お風呂に入り、風邪薬を飲んで寝る。

——二十二時

すっと眠れたと思ったのに、一時間おきに目が覚める。チック症状のように、意志と関係なく、全身が突然びくっと震えるので、そのたびに目が覚めてしまうのだ。なんなのだろう、この珍現象は。

それに、なんだか苦しい。どこがどう苦しいのか自分でもわからない。でも苦しい。なんともいえない、今まで経験のない苦しさだ。

眠れなくてとうとう起き上がる。だるくて仕方がない。もう一度横になってみるが、やはりチックのような症状のせいで、すぐに目が覚めてしまう。末端まで神経が通い始めた証拠だと思うことにする。

吸いたいけど吸わない。

今日は一本も吸っていないのだ！

これはすごい。

――二十三時
夫帰宅。

目が覚めてしまっていたので、玄関まで出迎える。

頼んでおいた往年のアイドルのベストアルバムを買って来てくれた。

夫からタバコの匂いがした。今までは気づかなかったのに、麻痺していた嗅覚がこんなに早く戻りつつあるのだろうか。

寝室へ戻って、早速CDをかける。懐かしくてヘッドホンをつけて大音量で聴く。まざまざと青春時代が蘇ってくる。タバコを吸っていなかった十代の頃。あの頃に戻りたいと思ったら、また情緒不安定になってきたのか、突然大粒の涙があふれてきた。

夫や日香里に見つからないようにとドアを閉め、涙が枯れるまで泣いた。

八月十一日（禁煙三日目）

――七時

起床。

もう何日も便通なし。

食パン一枚。

昨日のCDを聴く。音量を大きくすると、だんだんと気分が昂揚してきた。絶対にタバコをやめるのだと決心を新たにする。

だって、信じられないことに、昨日は一本も吸っていないのだ。

本当にすごい。

本当に偉い。

――十一時

デパートで買い物したあと、カフェに入って、冷たいカフェオレを飲む。

初めて禁煙席に座ってみた。

ちょうど前方に、喫煙席が見える。四十歳くらいのサラリーマン風の男性が、脱いだ背広を椅子の背にかけ、タバコに火を点けた。白いワイシャツが汗だくの胸に貼りついている。男性が紫色がかった唇からタバコを吸い込むと、喉仏が上下に動いて肺が膨らんだ。まるで診察室で三浦に説明された人体図を見ているようだった。男性が満足そうに吸い続ける姿をじっと観察し続けた。

何度も何度も肺を煙で満たす行為……。

羨ましくてたまらない。

でも……あんな繰り返しが、いったい何の役に立つのだろう。

そう思った拍子に、吸いたいと思う気持ちがすっと消えてなくなった。

男性は火傷するほど根元まで吸ってから、タバコを灰皿に押しつけ、空になった箱を雑巾を絞るようにして捻りつぶした。そのあと、椅子にかけた背広の胸ポケットを探ってみたり、ズボンのポケットに手を突っ込んでみたりしている。どうやら新しいタバコの箱を探しているようだ。

落ち着かない様子が遠目にも見てとれた。この店はタバコを置いていないので、買うには店の外へ出ていかなければならない。しかし、アイスコーヒーはまだほんのひと口飲んだだけで、グラスに八分目ほど残っている。どうするつもりだろう。

彼は周りをすばやく見渡したあと、ビジネスバッグを椅子の上に置いたまま、走って外へ出ていった。自動販売機を探すのだろうが、なんとも無用心である。

しかし面白いものだ。タバコを吸ったばかりの彼の体内の血液は、ニコチンで十分満たされているはずなのである。つまり、医学的には最もタバコを必要としない状態なのだ。それなのに、最後の一本を吸ってしまって、もう手持ちがないと思った途端にパニックに陥っている。

笑えない。

自分も二十年間、同じようにしてニコチンにあやつられて生きてきたのだ。

彼が息を切らして戻って来た。新しいタバコの箱を握り締めたまま、元の席に着き、ストローからコーヒーをすする。タバコを買ってきただけで、まだ吸ってもいないのに、満ち足りた表情をしている。

カフェを出て花屋の前を通ったとき、店先にハイビスカスの鉢植えが置いてあるのに目を留めた。真っ赤な花が情熱的で、トロピカルムード満点である。買おうと思って手を伸ばすと、三千円という値札が目に入った。予想外に高い。

しかし、よく見てみると、鉢も美しいのである。白地に藍の模様が涼しげで、受け皿までお揃いだ。

なんてかわいらしいのだろう。

欲しい。でも高い。

どうしよう。
三千円か……。
四一〇円のタバコ代に換算すると、約七箱分だ。つまり四、五日分。
タバコをやめることを思えば、三千円なんて安いのでは？
そう、私はタバコをやめるんだから。
そうだ、きっとやめられる。
そうだよ、やめられる立派な人間だから私は。
「すみません、このハイビスカスください」
帰宅後、生協の冷凍ピザをチンして食べた。

――十三時
眠いのに昼寝できない。
シャワーを浴びてみる。
ああ、いつになったら吸いたいと思わなくなるのだろう。

――十五時

昼寝から目覚める。三十分も眠れていない。

これも禁断症状なのか、ぞっと身震いするような感覚が頻繁に襲ってくる。

手足がだるくて力が入らない。昨日からなぜかトイレの回数は少なくなっている。

気晴らしに遠くのスーパーまで歩いていってみた。

白桃を買う。一個二五〇円もした。高い。

――十七時
夕飯作り。

夫が喫煙者であろうがなかろうが、自分は毅然とした気持ちでタバコをやめるのだと、唐突に思う。

吸いたくなったら、なんでもいいから飲もう。

夕飯。食べ過ぎて反省。

お風呂のあと歯磨き。

就寝するまで寝室で本を読む。

――二十二時

就寝。

チック症状のような珍現象が収まらない。全身が突然びくっと震え、それに驚いて目が覚めてしまうのである。それが朝まで何度も続いた。しかし、昨夜の一時間ごとよりは少しマシになった気がする。

今日も一本も吸っていない。

すごい。

八月十二日（禁煙四日目）

——七時
起床。
朝食は、ご飯、味噌汁、ベーコンエッグ。
今朝は、身体がタバコを欲していない。吸いたいと思わないのだ。
もしかして、禁断症状も終了間近なのだろうか。

——九時
二度寝のあとの起床。

体重が増えていた。便通は四日間もないが、不思議と苦しくはない。
吸いたい気持ちが湧き起こってきたので、気晴らしに遠い方のスーパーへ歩いていって
みる。背筋を伸ばして歩いてみた。途中でカフェへ入り、禁煙席に座る。帰りに百円ショ
ップをのぞく。

――十五時
歩き疲れて帰宅した途端に吸いたくなる。即、水をがぶ飲み。

――十八時半
日香里と夕食。

――二十二時半
就寝。

――深夜一時
目が覚める。眠れない。読書して三時に再度就寝。

今日も一本も吸っていない。

私って素晴らしい。

八月十三日（禁煙五日目）

——七時半

起床。

何度も夜中に目が覚めたが、最後三時に寝てからは熟睡できた。一時間ごとに目覚めるチック症状は収まりつつあるのだろうか。

——二十二時

今日も一本も吸わなかった。

偉い。

四日間を乗りきれたと思うと嬉しい。禁煙本によると、これで明日からはぐっと楽になるはずなのだ。

この二十年間というもの、たった四日間を乗りきることさえできなかった。それを思うと、この四日間を絶対に絶対に無駄にはしない。

もう二度とタバコは吸うまい。一生涯。

八月十四日（禁煙六日目）

――七時半

起床。

痰がからまっている。

――九時

ハムトースト一枚。

空腹感とタバコを吸いたい気持ちの見分けがつくようになった。今までは、両方ともニコチンへの飢餓感だと捉えていたようだ。双方の不快感が似ているのかもしれない。食事のあとは、吸いたい気持ちがいまだに湧き起こってくる。

肌がきれいになった。階段を昇ったとき、相変わらず息切れするけれど、苦しくなくなった。妙に運動したくてたまらなくなる。

――十時

隣の駅まで電車で行く。買い物。カフェ禁煙席。
禁断症状なんてたいしたことない。だって、吸いたいという気持ちだけなんだもの。身体のどこかに激痛が走るわけでもない。渇望感だけなのだ。

――十四時

一駅分を歩いて帰宅。

――二十三時

夜はいつまでたってもなかなか寝つけなかった。
今日も一本も吸っていない。立派だ。

八月十五日（禁煙七日目）

――六時

起床。
メロンを食べて、また寝る。

――八時

二度寝より起床。

――九時

朝食はプリンやシナモンパンなど。

どうしてこんなに吸いたいのだろう。いったいいつまで続くのだろう。アイスコーヒーをがぶ飲みして乗りきる。

不安感。いらいら。

――十三時

短時間で昼寝からすっきりと目覚める。この感覚は初めてだ。今まで、休日の昼寝といえば三時間以上も眠ってしまい、寝起きはしばらくだるかったのだから。

――十九時

夕食後、お菓子を食べ過ぎる。

今日も一本も吸っていない。私は尊敬すべき人間である。

八月十六日（禁煙八日目）

——六時

起床。吸いたいとは思わない。メロンひと口。

起床した途端の強い不安感が、七日目にして初めて和らいだ。

——二十時

背中や手足の末端がざわざわする。身震いする感じ。ふくらはぎのだるさが治らない。

今日も一本も吸っていない。すごすぎる。

八月十七日（禁煙九日目）

久しぶりの出社。

下半身がものすごくだるい。

身震いするような、鳥肌の立つような、なんとも言えない嫌な感じからいまだに逃れられない。

カフェに立ち寄る必要もなくなったので、一本遅い電車でも十分に間に合う。勤務中も、駐車場へ行く必要がなくなって嬉しかった。

八月二十二日（禁煙十四日目）

やっと、チック症状のような身震いがなくなった。なかなかなくならないので、もしかして一生続くのかと思っていた。

深い呼吸をすると落ち着く。

急激に睡魔に襲われることもなくなった。タバコを吸いたい気持ちも、いつの間にか消えていた。ということはつまり、禁断症状から脱したということだ。

3

タバコをやめて二週間が経った。

〈禁煙ノート〉を広げて、自分が変わった点を書き込む。体調が良くなったことを再確認して、もう二度と吸わない誓いを新たにしたいからだ。

・息切れしなくなった。

駅の階段を駆け上ったりすると、もちろん息が切れることは切れるのだけど、以前のように苦しくはないのだ。それどころか、気持ちがいいのである。

・顔を触るとツルツル感がある。

・唇の色がきれいになった。

・妙に前向きな気持ちになっている。

なんでも成し遂げることができるような気がしてきた。あと二十年くらい元気でいられるのならば、何か新しいことにチャレンジしてみたい。

・歯茎の色が紫からピンクへ変わりつつある。

・一度に吸える空気の量が大幅に増えた。

これは予想外のことだった。吸い込む空気の量を測ったわけではないからあくまでも自分の感覚なのだが、確かな実感があるのである。

・運動したくてたまらなくなる。

・深い睡眠が取れるようになった。

チック症状が消えたあとには、熟睡の日々がやってきたのである。それまでは、眠っても眠ってもすっきりと目覚めることができなかった。熟睡とはこういうものかと、生まれて初めて知った感じである。言いかえれば、タバコを吸っていたときの睡眠は浅かったのだ。休日にする昼寝も、今までは一旦眠ったらなかなか起きられず、夜眠れなくなるほど長時間眠ってしまったものだが、今ではほんの十五分の昼寝で疲れがとれてすっきり目覚めるようになった。

・朝は、お腹が空いて目が覚めるようになった。

そうなのだ。まるで日香里のように健康的な生活になっている。

朝は厚切りトーストとフルーツの盛り合わせ、そしておかずを一品とサラダを食べる。

もう二十年以上もまともな朝食をとっていなかったというのに。

朝早くからソーセージをフライパンで炒めていると、日香里が嬉しそうな顔で覗き込む。

自分自身が朝食抜きだったので、日香里にもろくな朝食を作ってやったことがなかった。

いつもコーンフレークなどの手軽なものばかりだったことを、心からすまなく思う。

・あれほどつらかった肩こりが治った。

今でも肩がこることはあるのだが、以前に比べてずっと軽いものであるし、何よりも頑固なものではなくなった。簡単な体操をすれば、すぐにほぐれるようになったのだ。

・頭痛がなくなった。

頭痛はタバコのせいだったのだろうか。あれほど頻繁だったのに、今はまったくといっていいほどない。

だから、たまに頭痛になると、風邪を引きかけているサインだとわかるようになった。暖かくして横になると、薬など飲まなくてもすぐに治ってしまう。

・生活が便利になった。

この点に関しては書ききれないほどだ。

レストランに入るときも、喫煙席があるかどうかの確認が不要になったし、どこへ行くにもタバコを吸える〈安全地帯〉の確保をしなくても済むようになった。

タバコを吸いたくなったらどうしようという恐怖心もなくなり、それに伴う吸い溜めのための場所と時間の確保も必要なくなったのである。

なんと便利な生活なのだろう。

そして、無用な火事の心配もしなくて済むようになった。外出先で唐突に思い浮かぶ恐ろしい疑問——家を出るとき、果たしてタバコの火を確実に消してきたか——からも解放された。

ヘビースモーカーだった頃は、休日に出かけても、タバコを吸うために頻繁にカフェに入らなければならなかったり、体力がないためにすぐに疲れて帰宅したくなったりで、日香里の顰蹙《ひんしゅく》を買うことが多かった。そんなこともあって、日香里を誘うことが年々少なくなっていたのだが、最近は一緒に出かけることが増えてきた。

タバコのことを思い出す回数は、日を追うごとに減ってきている。
無用な劣等感から解放されたのだ！

第六章　反面教師

1

十一月になった。

その夜、ベッドに入って目を閉じた途端、ふと思いつき、起き上がって電気を点けた。机の上の電卓を手に取る。

この三ヶ月の間、一本もタバコを吸っていない。ということは、一箱四一〇円だから、一日に一箱半吸っていたとして六一五円。一ヶ月を三十日とすると、一万八四五〇円。それが三ヶ月だから……えっ？　約五万五千円も浮いたことになる。なんだか妙に得した気分になった。

タバコをやめた記念に、浮いたお金で贅沢をしたくなってきた。

雑誌で見たロココ建築のレストランへ行ってみたい。思い立ったが吉日だ。四十歳を過ぎてから、心の中の「いつか」という文字が消えた。そんな悠長なことを言っている年齢じゃない。たとえ長生きしたとしても、健康で食欲旺盛である年齢には限界があるのだから。

その雑誌は、ゴールデンウィークに入る少し前に、夫が買ったものだ。リビングの棚を捜すと、すぐに見つかった。ぱらぱらとめくってみると、写真入りでメニューも載っている。大正時代に建築されたという由緒ある洋館は、重厚な佇まいである。

夫はまだ起きているだろうか。雑誌を持って廊下に出てみる。

夫の部屋の隙間から灯りが漏れていたのでノックしてみた。

「はい、どうぞ」

ドアを開けた途端にタバコの匂いがした。自分がタバコを吸っていた頃は、匂いなんか気にならなかった。いや、それどころか、匂いに気づきもしなかったということに、最近になって気づいたのだった。それを考えると、嗅覚とは不思議なものだと思う。

夫はキャンバスに向かって油絵を描いているところだった。ここのところ、時間を見つけては真摯に取り組んでいる。小さな女の子が犬と遊んでいる情景を、全体的に淡い色調で描いていて、日に日に完成に近づいている。久しぶりに出版社から依頼があったのだろうか。いや、もしそうであれば夫から言うだろうから、聞かないでおこう。本人が言い出さない限りは尋ねないという不文律が、夫婦の間でいつの間にかできあがっている。それに、夫はカルチャーセンターの講師ではなく、絵本作家として身を立てたいと願っているに違いないのだ。それを思うと、余計に尋ねにくかった。

「来週の日曜日に、このレストランに行ってみない？」

開いたページを指差すと、夫はくわえタバコのまま雑誌を覗き込んだ。

「へえ、お伽噺に出てきそうな建物だね。中はどうなってるんだろう。絵本を描く上でのヒントが得られそうだよ」

タバコの煙が顔にかかった。

けむい。

思わず息を止める。

「じゃあ決まり。予約しておくね」

煙が目にしみた。

立ち位置を少しずらして煙を避けたとき、真夏に行なわれた会社の飲み会の光景が脳裡に蘇った。確かあのときも、タバコを吸わない人たちが煙から逃れようと、座る位置をそっとずらしていたのだった。

自分も今まで、タバコを吸うことで周りの人にたくさんの迷惑をかけてきたに違いない。しかし、そのことに長い間気づきもしなかった。

夫も細心の注意を払った方がいい。伯爵夫人たちが年配の女性であることを考えても、ほとんど全員が吸わないのではないだろうか。タバコが原因で職を失うなんてことも、これからの時代はあり得るかもしれない。夫には、喫煙場所以外では決して吸わないように折を見て話しておこう。

その数日後、夕飯の用意をしているときに、三浦から携帯に電話がかかってきた。

——ずいぶん外来にお見えになってないようですが、禁煙はその後、どうですか。

「すみません、先生。勝手に行かなくなってしまって」

——それはかまいませんよ。早和子さんも忙しいでしょうから。

「先生こそお忙しいのに、わざわざお電話いただいて恐縮です」

——心配になったんです。もしかしたら禁煙外来のせいで、却ってタバコの量が増えたんじゃないかって。

なんて親切な医者なのだろう。

「ご心配いただいてありがとうございます。先生、私、自力で禁煙に成功したんですよ」

自然に声が弾んでしまう。

——本当ですか？　それはすごい。でも、どうやって？

「話せば長いんですが……というより、ひとことで言えるような秘訣があるわけでもなくて……」

――今度、お目にかかれないかしら。是非、早和子さんの経験を聞かせてほしいんです。というのも、禁煙の本を出すことになったので、成功例や失敗例を出来る限りたくさん調査したいんです。

「もちろん、私でお役に立つのなら」

――ありがとう。じゃあ来週の日曜の夜、どうですか？

「あいにくその日は、夫とレストランへ行く予定なんです。すでに予約してしまったものですから」

「ご夫婦で？　あら、いいですね。イタリアンとか？」

「いえ、フレンチです。グルメ雑誌で見つけたんですけど、ロココ建築の素敵な建物なんですよ。室内には絵がたくさん飾ってあって、まるで美術館みたいなんです」

――ロココ、ですか。美術館みたいな？　それは楽しみですね。じゃあ、スケジュールを調整してまた電話します。

電話が切れた。

医者が直接電話をくれるなんて初めてのことだ。勝手に通院をやめてしまった患者など、放っておくのが普通だろうに、いまだに気にかけてもらっていたとは感激だ。それに、自分の経験が、タバコがやめられなくて苦しんでいる人たちの役に立つかもしれないのだ。なんだか温かい気持ちになった。

予約しておいて良かった。

三連休ということもあってか、レストランはほぼ満席だった。

夫には内緒だが、今日着てきたパンツスーツと靴は、先週買ったばかりだ。

三ヶ月の禁煙で約五万五千円が浮いたということは、一年で二二万円、十年で二二〇万円、残りの人生を三十年とすると六六〇万円、四十年とすると八八〇万円。そう考えると、どんどん気が大きくなり、いつもより上質なスーツを思いきって買ってしまったのである。まさに取らぬ狸の皮算用だと思うと、苦笑が漏れる。

家を出る前に化粧をしていて気がついたのだが、タバコをやめてからというもの、唇が荒れなくなっている。今までは真夏でもリップクリームが手放せなかったというのに、晩秋であるこの時期でも必要ないのである。それは、タバコをやめると肌がきれいになるというような、身体の内側からの変化の類ではなさそうだ。単に、今まではタバコの巻紙が唇の油分を奪っていたらしい。

案内されたのは、意外にも窓際だった。電話で予約したとき、真っ先に問われたのが禁煙席か喫煙席かということだった。そのとき、これでせっかくの庭園も十中八九、見られないだろうと思ったのだった。というのも、最近では店の中の特等席は禁煙席と決まっているからだ。それでも、夫のことを思うとタバコの吸える席でなければならなかった。タバコを吸う人間にとって、タバコを我慢しなければならないレストランなど楽しいはずがない。タバコを吸う人間の気持ちは、やめた今でもよくわかるつもりだ。

四人掛けの正方形のテーブルに向かい合わせに座った。

都心にあるとは思えないほどの広い庭園が見渡せた。まるでヨーロッパの伝統ある街にいるような錯覚を起こさせる。

こんな素敵な席が取れて、本当についている。タバコをやめてからというもの、不思議なほどラッキー続きだった。

ワインで乾杯した。

「最近の私、なんだかついてるみたい」

「例えば？」

「この前のロールケーキ、最後の一本だったのよ。後ろに並んでた人たち、すごくがっかりしてた。あとから聞いたんだけど、一日に五十本しか作らないんだって」

「へえ」

「まだあるよ。駅前のクリーニング屋の店員さん、ものすごく横柄だったでしょう。だけど、なんせ便利な場所だから今までずっと我慢するしかなかったの。でもね、先週行ってみたら、感じのいい店員さんに替わってた」

「なるほど」

「あら、ずいぶん気のない返事ね」

すらりとしたボーイが、前菜を運んできた。

「だって、ラッキーというほどたいしたことじゃないし」

「まあ確かにそうだけど」

言われてみれば、取るに足らないことばかりだ。

それなのに、これほどついている人間はいないといった気になっていた。ついこの前まで、運の悪い人間だと思っていたというのに。

どうしてこうも気持ちの持ちようが変わったのだろう。

「早和子は最近なんだか朗らかだね」

「えっ、そうかな」

禁煙できたという、たったそれだけのことが、知らず知らずのうちに、とてつもなく大きな自信に繋がっているのかもしれない。まるで、世の中で稀に見る偉業を成し遂げたような気分なのである。これほど禁煙を過大評価している人間はほかにいないだろう。もともとタバコを吸わない人ならきっと呆れる。

「私って、案外おめでたい人間ね」

思ってもいなかった単純さを発見し、嬉しい気分だった。

これまで、人並みはずれて厄介な性格と思ってきた。でもそれは思い過ごしだったのだ。タバコをやめようと決めたそばから猛烈に吸いたくなったからだ。これからは、もう少し楽に生きていけるのではないかと思えてきた。気持ちをうまくコントロールできれば、これからは、タバコをやめられるなんてびっくりしたよ。偉いよ、尊敬する」

「しかしすごいね。本当にタバコをやめられるなんてびっくりしたよ。偉いよ、尊敬する」

「ねえ、あなたもやめれば？　健康で長生きして、これからも二人であちこち行きましょうよ」

「そりゃあ、俺だってやめたいのはやまやまだけど、絶対に無理だよ」

「その気持ち、すごくよくわかる。だけどさ、ダメ元でチャレンジしてみれば？　正直言うと……私タバコやめてから、タバコの煙や匂いが気になるようになったの」

「やっぱりそうか。講師仲間を見ていても、もともと吸わないやつより禁煙したやつの方が、嫌煙の傾向が強いもんな」

「あなたは私より禁煙しやすいはずよ。だって、家族の中にあなた以外タバコを吸う人間がいないんだもの」

「そうか……やっぱり俺がいたから早和子は余計やめにくかったんだよな。悪かった」

そのとき、背後から誰かが近づいてくる気配がした。ボーイだろうと思っていると、いきなり肩に手を置かれたので、驚いて振り返った。

「ご夫婦でお食事なんて、いいですね」

すぐには三浦だとはわからなかった。ラメの入ったサーモンピンクのワンピースを着ているからか、診察室で見るのと違って華やかだった。

「三浦先生、お久しぶりです。この前はお電話ありがとうございました」

立ち上がって挨拶すると、彼女の背後に男性がのっそりと立っているのに気がついた。

「弟の秀典《ひでのり》です」

三浦が紹介してくれた。きめ細かい肌に、高貴な感じがする鉤鼻《かぎばな》がそっくりだった。

「初めまして岩崎早和子と申します。三浦先生に禁煙外来でお世話になった者です」

「どうも、初めまして」

秀典が会釈した。

視界の隅で、夫がすっと立ち上がる。

「妻がお世話になったそうでありがとうございました」

夫がお辞儀をしたあと、妙な間が空いた。

三浦の方から、それじゃあまた、などと言って立ち去ってくれるのを待ったのだが、彼女はその場に突っ立ったままなのだ。

「あのう……三浦先生もご一緒にいかがですか」

本当は気が進まなかったが、つい口から出てしまった。

「早和子、ここは喫煙席だよ」

夫が早口で言った。

「あっ、そうだった、先生、禁煙席は奥の方みたいです」

「僕たちも席は予約してあるんですよ。じゃあこれで失礼します」

秀典が軽く頭を下げて、奥の方へ行きかけたときだった。

「でも秀典、こうしてせっかく誘ってくださってるんだから、お言葉に甘えましょうよ」

三浦は言い、ボーイが椅子を引いてくれるのも待たずに座ってしまった。

「だって姉貴、僕たちだって席を予約してあるんだし」

三浦は秀典を無視し、ボーイに言った。「知り合いがいたから、ご一緒することにしたわ」

「かしこまりました」

ボーイが答えると、秀典は渋々といった感じでゆっくりと腰をおろした。

早和子は夫と向かい合って座っていたので、三浦と秀典も空いた席に向かい合って座る形となった。

「お飲み物はどうなさいますか？」

ボーイがうやうやしく尋ねる。

「いつものワインでいいわ。料理はこの方たちと同じコースでね」

三浦はこの店の常連客のようだった。さすが医者である。自分たち夫婦は、こんな高級な店には滅多に来られない。生活レベルの違いをまざまざと見せつけられた思いがした。

病院内で働く地味な姿しか見ていなかったので、ギャップに戸惑う。

「早和子さん、タバコをやめられてよかったですね」

「はい、ありがとうございます」

「さすが姉貴。テレビで紹介されるだけのことはあるよ」

秀典は、三浦の診療の成果だと早合点したようだった。

ボーイたちが、次々と飲み物や料理を運んで来る。

「僕は広告代理店に勤めてるんですけどね」

秀典が明るく話し出した。「前に、タバコ会社のCMを担当したことがあるんです。タバコのCMをテレビで放映するのが許されていた頃のことですよ。喫煙者から見ると、あいうCMはいかがでした？」

タバコのCMが流れていたのは、それほど昔の話ではない。しかし、今となってみれば、信じ難いほど非常識なことに感じられる。

「確かタバコのCMといえば……」

思い出しながら答える。以前と違って映像を思い浮かべても吸いたくはならない。「緑の風が吹いてるといったさわやかな感じのものが多かったですね。そうそう、当時から私が不思議に思っていたのは、吸いすぎに注意しましょうだとか、喫煙マナーを守りましょうだとか、わざわざ売れ行きにマイナスになるようなテロップを流していたことです。いったいなんのための宣伝なのかと思いました」

思ったままを答えると、秀典はにやりと笑った。予想どおりの答えが返ってきたといった感じなのだろうか。

「なかなかタバコをやめられなかった頃、あのCMを見ると、どう感じました？　吸いたくなりませんでしたか？」

得意げな顔で尋ねてくる。

「そうなんです、CMを見た途端に吸いたくなったものです」

「でしょう。依存症というのは、その存在を思い出した途端、矢も盾もたまらなくなってしまうんですよね」

秀典は満足そうに微笑む。

「それがタバコ会社のCMの狙いですか？　まさかね」

「いや、そのまさかですよ。僕ら広告マンは、商品の売上げを伸ばすことを第一の目標にしなくてはならないですからね。そりゃあ、身体に悪いとわかっているものを売り込むわけですから、道徳心が邪魔をしそうになることもありますよ。現に僕なんて、健康被害があるとわかっているのにタバコを吸っているような愚かな人間とは、友だちになりたいとは思いませんからね。でもね、やはり仕事ですから、そんなこと言ってられません」

「そうですか、大変なんですね」

適当に相槌を打った。タバコをやめられない人間を愚かだと言いきってしまうところに傲慢さを感じたので、これ以上話をする気になれなかった。そのうえ、彼の今の発言で、夫はこの席ではタバコを吸いにくくなってしまった。

「いやいや、それがちっとも大変じゃないんですよ。タバコのCMほど簡単なものはありません。どんなに正反対のことを言ったところで……あくまでもたとえですけど、『早くタバコをやめないと癌になりますよ』とCMで言ったとしますよね。それでもタバコを吸う人間というのは、そのCMを見た途端に吸わずにはいられなくなります。だってそうでしょう。癌になるなんて脅されたら恐くなる。恐くなったら気分を落ち着けたいと思う。気分を落ち着けるにはタバコを吸うしか方法はないんですから。それ以前に、タバコという単語を聞いた途端に吸いたくなるんでしょうけどね。中毒とはそういうものなので、CM製作は楽なもんです。商品の悪口を言っても売上げが伸びるんですから。それにくらべてカップ麺なんかのCMは競争が激しいこともあって、とても大変なんですよ。いかにおいしそうに見せるかが勝負なんですが、これが難しいといったらないんです。もともと豪華な料理ならそれなりにカメラが促えてくれるんですが、なんといってもインスタント食品ですから、本当に撮影が大変なんですよ。それにね、おいしそうに食べる芸能人の人選になると、それはもう連日の議論を尽くしても決まらなくてね」

しゃべり出すと止まらないタイプのようだった。

「フランス産ヒラメのポアレ、シャンパン風味でございます」

ボーイが次の料理を運んで来た。

食事が終わるまで、秀典がひとりで業界の裏話などをしゃべり続けた。

「パンプキンのムースでございます」

ボーイがデザートをテーブルに並べ終わったとき、夫がタバコに火を点けた。三浦も秀典も、手を止めて夫を見つめた。唖然としているといった感じだった。無理もない。ニコチン依存症になったことのない人で、タバコに寛容な人なんていない。それに、三浦は医者である。

「すみません」

二人の視線を感じたのか、夫は謝ったが、タバコを消そうとはしなかった。夫は悪くない。だって、ここは喫煙席なのである。隣のテーブルでは、夫婦揃って吸っていて、こちらまで煙が流れてきている。夫が勢い良く天井に向かって煙を吐き出した。煙が横に流れないよう、上に昇っていくように気を遣っている。

気まずい空気を払いのけてくれたのは、おしゃべりな秀典だった。

「タバコは、広告だけじゃなくて商売そのものも実に楽なんだなあ、これが」

秀典は愉快そうに笑った。「だってそうでしょう。一旦客になってくれたら、死ぬまで客でいつづけてくれるんですよ。この世の中にそんな楽な商品がほかにありますか？ 未成年は、ダメと言われれば言われるほど吸いたくなります。だって、そういうのを率先して試してみなきゃ、世間は不良と呼んでくれないですからね」

「未成年だったときのきっかけなんて関係ないでしょう。やめたいと思ったときにすぱっとやめられないようでは、大人とは言えないわよ」

三浦は手厳しかった。夫が目の前でタバコを吸っているというのに……。同席を勧めたことを後悔していた。自分たち夫婦にとって、このレストランはたまの贅沢なのに。

「姉貴、その発言は禁煙外来の医者としてまずいよ。タバコをやめることと意志の強さは関係ないだろ。毎日患者に接してるんだから、タバコをやめるのがどれほど難しいか、本当はわかってるんだろ？　現に姉貴も言ってたじゃないか。我慢すればするほどやめられないという心理はダイエットで実感したって。それに、禁煙がなかなか成功しないからこそ、姉貴も儲かってるわけだし」

三浦は返事をしない。

「すみません。姉貴を悪く思わないでくださいね。仕事熱心なあまり、患者の足を引っ張る人間を許せないみたいなんですよ」

「え？　足を引っ張るというのは……もしかして私のことですか？」

夫が驚いて秀典に問う。

「そうですよ」

秀典に代わって三浦がきっぱりと答えた。「家の人が吸う場合、ほとんどの患者さんは禁煙に失敗します。医者が親身になって指導したところで、患者の目の前で吸われたのでは元も子もありません」

「なるほど、それでですか。私を見る先生の目が恐かったのは」

そう言って夫は苦笑いした。

「姉貴は仕事ひと筋なんですよ。禁煙指導に一生を捧げていると言ってもいいくらいです」

「それは見上げた心意気ですね」

そう言いながら、夫はタバコを吸った。「先生、タバコを吸えないくらいなら、私はここには来ませんでしたよ。タバコとセットでないと、喜びは完成しないですからね」

「完成しない？　喜びが？　それはどういう意味ですか？」

三浦が、身を乗り出した。

「こんな素敵なレストランで食事をしても、タバコなしでは楽しくないんです。例えば旅行先で美しい景色を見たときだって、タバコを吸いながらでないと風景を堪能できないんですよ」

「なるほど……」

三浦は真剣な表情で宙を見つめた。「だからあれほど画期的な飲み薬ができても、みんな禁煙に成功しないわけね。それにしても、洗脳を解くって本当に大変」

そう言いながら、三浦はコーヒーをすすった。

「姉貴、よかったね。参考になる話が聞けて」

「実は、早和子さんが禁煙に成功した話を一刻も早く聞きたくて、ここに来たんです」

「え？　偶然じゃなかったんですか？」

「ごめんなさいね。ロココ建築のフレンチレストランで、内部が美術館みたいとおっしゃってたでしょう？　それでピンときたの」

「姉貴は患者の追跡調査を徹底してやるんですよ」

「自力でタバコをやめた人についても研究したいと思っているんですが、そういう人は病院には来ないでしょう。だからデータを集めるのに苦労するんです」

「先生、それならタバコをやめたときの日記が残っていますから、今度お見せしますよ」

「ほんと？」

三浦は目を輝かせた。「是非、お願いするわ」

「ご主人も早いとこタバコはやめられた方がいいですよ。タバコ会社はニコチン吸収率をさらに良くしてもっと依存度を増すように、日々研究を重ねてますから」と秀典。

「タバコをやめるなんて、とっくの昔にあきらめてますよ。でもね、周りに迷惑はかけたくないですから、煙の出ないタバコに変えようかと思ってるんです」

「ダメダメ、あんなの嘘ですよ。煙の色を透明にしただけなんです。見えなくなっただけなんですよ」

「えっ？　そうだったんですか。それは知りませんでした。じゃあ……せめてもの救いは、最近になって軽いタバコに変えたことくらいかな」

「そんなのにだまされちゃ困ります。タバコの横に小さな穴がいくつも空いてるでしょう。ニコチンとタール量を測る機械では、あの穴から空気も入るから煙が薄まって測定値が下がるんです。だけど、実際吸うときには指や唇で穴を塞いでますから本当のニコチン量はもっと多いんですよ。それにね、軽いタバコは吸ったときに物足りないから、知らず知らずのうちに、肺の奥まで吸い込んで息を止めてるんです。そうすれば、強いタバコと同じくらいのニコチンを吸収できますからね。だからね、ＥＵではタバコにライトやマイルドっていう名前をつけるのを禁止してるんですよ」

「それは初耳だ」

　夫が驚いたように言う。

「まっ、それも全部姉貴から教えてもらったことですがね。姉貴は医者の中でも研究熱心な部類ですよ。タバコを一本ずつ減らしていくという減煙法についても、豊富なデータから統計を取って、最もつらくて成功率が低い方法だと学会で発表しています。だって一日何本と決めたら、次の一本を吸うまで待ち遠しいでしょう。そしてニコチン切れしたあとの一本は、本当においしいと感じる。すると皮肉なことに、ますますタバコが貴重なものになって、やっぱり自分にはタバコが必要だという印象を心に刻みつける結果になる。それとね、『タバコはやめましょう』なんていうような標語を書いたものを冷蔵庫なんかの目につくところに貼っておくと、見るたびに吸いたくなって逆効果だといった心理学的な面からの研究についても、学会の高い評価を受けてるんですよ」

言ってから、秀典はひとり満足そうにうなずいた。

驚いて三浦を見る。

秀典の言ったことは本当なのだろうか。そうだとしたら、なぜ自分には減煙法を勧めたり、標語の書かれたマグネットをくれたりしたのだろう。

「ちょっと秀典、その言い方は誤解を招くわ。減煙法や標語を貼ることで、実際に禁煙に成功する人もいるのよ。成功例は少ないけど、それらの方法がつい最近まで王道だったことを思えば、試してみる価値はあるの。つまり、様々な方法を試してみるために、患者とは長いつきあいが必要なのよ。ところで早和子さん、結局はどうやってタバコをやめたんですか？」

「抽象的な言い方しかできないんですが……自分の心の声に耳を傾けたってことでしょうか。一週間それだけに集中したんです。それでやっと長年のタバコの呪縛から解放されたんです」

「そうだったの。日記を見るのが楽しみです」

そう言いながら、三浦は腕時計を見た。「あら、もうこんな時間。今日、早和子さんやご主人から聞かせてもらったことを忘れないうちに記録しておかなきゃ。秀典、帰るわよ」

彼女はそう言うと、コーヒーを飲み干し、ナプキンで口を拭いて立ちあがった。

二人は店の前でタクシーに乗り、あっという間に去って行った。

早和子たちは地下鉄に通じる階段を降りた。

電車がホームに滑り込んできた。席がちょうど二人分空いていたので、並んで座る。

「それにしても立派なもんだよ。タバコをやめられたなんて」

夫が腕組みをして唸る。「すごいよ。どう考えても、すごい」

電車に乗ってからこれで何度目だろう。夫は同じことばかり繰り返している。少し酔っているのかもしれない。

「だけどほっとしたよ。もうこれで、やめられなくて苦しんでいる早和子の姿を見なくてよくなったもんな」

夫の言葉にはっとした。なんとなく気づいてはいたが、想像以上に家族にストレスを与えていたようだ。

「早和子を見てて思ったんだけど、俺は絵本作家としての粘りが足りなかったのかもしれないな。早和子は何度失敗してもあきらめずに禁煙にチャレンジし続けてきたんだもんな。それも二十年も」

ちゃかしているのかと思ったら、真剣な表情だった。

「絵本作家として、もう一度チャレンジしてみようかと思ってるんだ」

「いいんじゃない？　応援するよ」

「そうか、ありがとう」

夫は照れたように笑った。

「そういえば、あれから伯爵夫人たちのプレゼントはどうした？　断ることにしたんだっけ？」

「いや、もっと図太くなることにしたんだ。プレゼントも収入の一部だと割り切ることにしたよ。講師仲間から聞いたんだけど、どうやら換金している人が多いみたいだ。なんたって薄給だからね」

最寄りの駅で降り、自宅に向かって並んで歩いた。

「それにしても仕事熱心な医者だったたな。彼女が言ってた、タバコが吸いたくなくなる薬っていうの、俺も試してみようかな」

「賛成！　あの先生、癖はあるけどいい人だよ。通ってみるといいよ。ダメでもともとだもん」

「ダメでもともとか……。そう言われると気が楽だな」

「そうだよ。気楽に挑戦すればいいんだよ」

いい気分だった。

冷たい夜風が頬に心地良かった。

2

タバコを吸わなくなってからというもの、昼休みの一時間が有意義に使えるようになった。家から持参した弁当を食べ終えたあとも、まだまだ時間が余っている。以前なら、慌ただしくタバコを吸い溜めするので精いっぱいだったけど、今では忙しい生活の中で、束の間のオアシスのような時間帯になっている。

コーヒーを飲みながらのんびりと読書をしたり、音楽を聴いたりできる。家にいるときは、次々に家事仕事を思いついてしまうので、会社での昼休みが貴重なプライベートタイムとなっている。

週に何回かは散歩を兼ねて、今日のように会社の近くにあるデパートに出かける。ついでに、家庭で使うこまごまとした日用品の買い物を済ませてしまうこともある。

晴天だった。

近道をしようと、途中で細い路地へ入り、デパートの裏手に出たときだった。視界の隅に、不審な動きをする何かが見えた気がした。ふと立ち止まり、そちらの方向に目を向けてみたが、コンクリートの低い壁があるだけで誰もいない。人が慌てて隠れるような動きに思えたが、錯覚だったのだろうか。それとも猫か。

次の瞬間、壁の向こうから微かな白い煙が立ち昇ってくるのが見えた。

火事？

まさか、放火？

そう思うと、恐くて足がすくんだ。

壁の向こうは自転車置き場だったはずだ。恐る恐る覗いてみると、若い女性が、壁にもたれてタバコを吸っていた。青空を見上げて気持ちよさそうだ。

なんだ、タバコの煙だったのか。

早とちりだったとわかって踵《きびす》を返そうとしたとき、女性と目が合った。その途端、彼女はまるで悪さをして叱られた幼い子供のような目をした。その怯えたような表情の意味は一瞬にして理解できた。

タバコを吸う人間を非難するような目で見る中年女性。道徳やら常識やら健康やらマナーやら、次々に正論を持ち出されたら、反論の余地もない。

早和子もかつて、この女性と同じ立場だった。

――軽蔑なんてしてないよ。タバコ吸うくらいのことで、そんな目をしないで。

そう言ってあげたくなった。余計な劣等感を持ってほしくなかった。

「あら、こっちは自転車置き場だったのね。道を間違えちゃったみたい」

そう言ってにっこり微笑むと、彼女も安心したように白い歯を見せた。

買い物を終えて会社へ戻った。通用門を通り抜けると、広い駐車場が現われた。何人かが灯油缶を囲んでタバコを吸っているのが見える。

目を凝らして見てみると、由利子と久美もいた。どうやら由利子の禁煙は長くは続かなかったようだ。

手を振りながら二人に近づいた。喫煙者に近づいても、吸いたい気持ちは湧き起こらなくなっている。

「早和さん、禁煙まだ続いてるんだってね」

由利子が茶化すように言う。近いうちに、挫折するに違いないと思っているらしい。

「早和さん、せっかくやめることができたんですから、もうここには近寄らない方がいいですよ。人が吸っているのを見ると、我慢するのがつらくなるでしょう?」

久美が心配そうに尋ねてくれる。あれから彼女は、『誰でも成功する禁煙』を読んでみたらしいが、やめることはできなかったようだ。

「我慢なんかしてないよ。もう吸いたいと思わなくなったもの」

「またまたかっこつけちゃって」

由利子は、こっちの言うことをまったく信じていない。

「格好なんてつけてないよ。本当なんだってば」

「まあ、どっちにしても早和さん、一本くらいならいいかなと思うのが地獄の始まりだから、もう二度と吸ったらダメだよ」

「そうね、ありがとう」

二度と吸わないだろう。それは確信に近いものだった。

由利子のように、我慢に我慢を重ねた禁煙は、失敗する確率が高いのかもしれない。それに比べ、早和子は前向きな気持ちを保ちながら禁煙することができた。

しかし、そのことを由利子に言うつもりはなかった。彼女に合う方法に出遭うまで試行錯誤を続けなければ、結局はまた吸ってしまうと思うからだ。何度でもチャレンジすればいい。そうすることによって、成功に近づくのだ。それに、人に忠告された途端に吸いたくなることは身を以って知っている。だから、相変わらずタバコを吸っている夫にも、禁煙のアドバイスはしないことにしている。

「ネットで禁煙を励まし合うプログラムに参加してみようかと思うんですけど、ああいうの、早和さんはどう思います？」

煙を吐きながら、久美が尋ねた。

「挑戦してみる価値はあるんじゃない？　どんなことでも試してみないとわからないもの」

ありとあらゆる方法を試すうちに、いつかきっと久美に合った方法を見つけられる日が来るはずだ。

「難しいよね、タバコを吸わないって」

由利子が溜息混じりに言う。

「そういえば、由利ちゃんはどうしてやめようと思ったの？」

由利子の指の間から、高価な漆塗りのライターが見える。以前の彼女は、珍しいライターを次々に集めていて、タバコをやめる気などさらさらなかったはずだ。

「由利さんはリサイクル事業部に異動になって、心機一転だと言ってましたよね」

「ごめん、久美ちゃん。あれ、嘘」

そう言ってから、由利子は真剣な眼差しでこっちを見た。

「ねえ早和さん、私たち一般職で入社してから今まで、どんな仕事してきたっけ？」

「どんなって？」

質問の意味がわからず聞き返す。

「例えば、A伝票とB伝票の意味の違い、早和さん、知ってる？」

その伝票は、この会社に入社して以来毎日のように取り扱っている。

「そりゃ知ってるよ。工場からまわって来たときはAで、仕入れ部から依頼されたときはBだよ」

「そうじゃなくて、そのAとBそのものの意味だよ」

「意味？　それは……知らないけど」

「私たち一般職は、正確さと速さだけを期待されてきたんだよ。だから、自分たちの仕事が会社全体の流れの中で、どの部分を受け持っているだとか、なんでこの処理をしなくちゃなんないのかっていう理屈を教えてもらったことなんて一回もない。要は、仕事の意味合いもわからないまま機械的に処理してただけなんだよ」

「確かに……そうかも」

「リサイクル事業部の女性は、私を除く全員が総合職なの。彼女たちは私と違って、きちんと社内教育を受けてる。つまりね、情けないことに、私だけが自社製品についての知識もなければ仕事の流れもわかってなかったってわけよ」

「なるほど……。で、それとタバコとどういう関係があるの？」

「私みたいに歳ばっかりとってて役に立たない人間が、タバコ吸いにちょくちょく席を空けるのはさすがに気が引ける。若くて優秀なお姉さんたちが真面目に仕事してる横を通ってドアまで行くとき、上司の視線が背中に突き刺さるわけよ」

「わかるよ、その気持ち」

「でね、こんなこと続けてたら近いうちに馘になると思った。この歳で正社員の口なんてそうそうないでしょう。もうタバコやめるしかないと」

「由利ちゃん、それは苦しかったね。知らなかった」

「でもまた吸っちゃった。最低だね私」

「由利さん、もう一回、『誰でも成功する禁煙』を読めばいいじゃないですか」

「そうだよ。読めばいいのよ」

早和子はダメだったけれど、由利子には効果のあった本なのだ。

「二人に忠告しとくよ。素直に本が読めてそのとおり禁煙できるっていう魔法は一回しか効かないんだよ」

そう言いながら、由利子は短くなったタバコを灯油缶に投げ入れ、新しいタバコに火を点けた。

「由利さん、魔法ってなんですか？」

「実は私もね、あの本を読み返したら、またすぐに禁煙できるとタカをくってたの。それが驚いたことに、二度目は禁煙できなかった」

「へえ、不思議なもんですね」

「だから、一旦禁煙に成功したら、二度と吸ったらダメなんだよ、一生ね」

3

十二月に入って最初の日曜日。

タバコをやめてからというもの、朝はすっきりと目が覚めるようになった。

ベランダで洗濯物を干しながら遠くの空を見た。寒いけれど、雲ひとつない晴天で、太陽が眩しい。澄んだ空気を思いきり吸い込むと、清々しい気持ちになった。

台所に戻ると、コーヒーメーカーからいい香りが立ち上っていた。ピザトースト用に玉葱を切り始めると、夫が眠そうな目をして起きてきた。パジャマの上にガウンを羽織り、襟元をかき合わせている。

「ゆうべ葉子姉さんから俺の携帯に電話があったんだ。夜中の一時だっていうのに」

「へえ、珍しいわね」

葉子は、美容のために十一時までには寝ると聞いている。

「お袋の誕生パーティーをやるから、家族全員で来いってさ」

「それもまた珍しいことね」

夫と結婚して以来、義雄やアサ子が誕生会をしたことなど一度もない。小学生ならいざ知らず、大人になってからも誕生日に人を招く習慣を持つ人なんて、知り合いにはいない。

「古希でもなければ喜寿でもないし、どういう風の吹き回しなんだろうね」

「お義母さんは次の誕生日で七十二歳だよね」

夫用のマグカップにコーヒーをなみなみと注いでやる。

「必ず日香里を連れて来いってさ。珠美姉さんの子供たちも、三人とも来るらしいよ」

「もしかしておばあちゃん、宝くじでも当てたんじゃない？」

いつの間にか日香里がダイニングに入って来ていた。午前中から撮影があるため、既にセーターとジーンズに着替えている。

「宝くじか、案外あり得るかもね」

フライパンの上で、チーズ入りのスクランブルエッグをかき混ぜる。

「おばあちゃんの誕生日の二週間後はお正月だよ。お正月はお正月で、いつものように、パパとお母さんと私の三人で挨拶に行くの？　面倒だな。まとめてやればいいのに」

「ほんとだ。ちょっと変ね。やっぱり何かあったのかな」

「例えば親父が株で儲けたとか？　だから、元気なうちに一族揃ってハワイ旅行しようって話かな」

「パパ、それいいね。私ハワイ行きたい」

「私、水着買わなきゃ」

つい最近までは、夫の実家へ行くことを想像しただけで暗い気持ちになっていた。でも今は違う。タバコを我慢する苦痛がなくなったからだ。夫の両親に対しても、以前より優しく接することができるような気がした。


アサ子の誕生日は、午後になってから気温がどんどん下がり始めた。

三人で夫の実家へ向かう途中、近所の和菓子屋へ立ち寄った。前もって注文しておいた練り切りを受け取るためだ。あらかじめ、見本の写真の中から牡丹《ぼたん》の大輪をかたどったものを選んでおいた。練り切りはアサ子の大好物である。

「こんな感じに仕上がりました」

包む前に、店の主人が箱を開けて中身を見せてくれた。天然色素だけで作ったという練り切りは、淡い色合いの見事な出来栄えだった。

「きれい」

「きっと喜ぶよ、お袋」

日香里と夫が口々に言うと、店主も満足そうな顔をした。

そのあと花屋に立ち寄り、予約しておいた花束を受け取った。ひと抱えほどもある大きな花束を日香里が持つと、雑誌から抜け出たような華やかさだった。今日の日香里は、ワインカラーのビロードのワンピースを着ていることもあり、いつにも増して美しく見えた。そのワンピースもまた、タバコをやめたことによる取らぬ狸の皮算用で買ってやったものだ。

「早和子、写真撮るから日香里の隣に立って」

夫が一眼レフのデジタルカメラを向けた。

「僕が撮りましょう」

店の中から若い店員が走り出てきたので、日香里を挟んで親子三人で撮ってもらった。

「いい記念になった。三人で写るなんて久しぶりだよな」

夫がカメラの画面を見つめる。

そのあとタクシーを拾い、夫の実家へ向かった。

「いとこたちに会うの、ほんと久しぶり。去年のお正月も入れ違いになっちゃったしね。みんな変わったかな。翔《しょう》くんは大学四年でしょう。舞ちゃんは音大の二年生で、豪《ごう》くんは浪人中だよね」

「日香里を見て驚くかもね。大きくなったって」

「驚かないよ。私のこと雑誌で見てるらしいから。それよりも、受験の追い込み時期だから、浪人中の豪君は来ないんじゃない？」

「いや、全員来るはずだよ。必ず来るようにって、お袋からの至上命令らしいからね」

「えっ？　お義母さんの命令？　お義父さんやお義姉さんじゃなくて？」

どちらかというと、アサ子は控えめなタイプである。そんな彼女が、誕生日を祝いに来いと命令したりするだろうか。いったいどうしたのだろう。

おしゃべりするうちに、家の前にタクシーは停まった。

玄関の格子戸を開けたとき、いつもなら真っ先に出迎えてくれるはずのアサ子がいなかった。それまでの彼女なら、タクシーの停まる音を敏感に聞き取って、上がり框で正座して出迎えてくれたはずである。駅から徒歩で来るときでさえ、二人の足音を聞き分けて、玄関で待っていてくれるのが常だった。

「こんにちは。俺だよ。来たよ」

夫が奥の方へ声をかけながら靴を脱ぐと、次姉の葉子が出てきた。

「いらっしゃい。どうぞ」

「お邪魔いたします」

アサ子の姿が見えないこと以外にも何かが違うと感じていた。

ふと玄関を見渡してみる。

ああ、わかった。花が活けてないのだ。

いつもなら、下駄箱の上の生け花に心を奪われるのだった。花器の中に小さな庭があると感じさせる活け方には情緒があふれていた。アサ子が活けるものは、花屋で売られているような派手なものではなく、庭にひっそりと咲いている花ばかりだ。この季節なら、蛇の目エリカや石蕗《つわぶき》や蠟梅《ろうばい》などだ。花の名前はすべてアサ子から教わったものだ。

タバコをやめてからというもの、アサ子から様々なことを教えてもらいたいと思えるようになっていた。途中でタバコを吸いたくなるかもしれないという恐怖心からは解き放たれ、長い時間一緒にいても平気な身体になったのだ。

花のない玄関を見るのは、結婚以来初めてのことだ。アサ子は身体の具合が悪いのだろうか。それもかなり。

靴を脱ぎ、夫、日香里、早和子の順で廊下を奥へ進む。

振り返り、何もない下駄箱の上をもう一度見た。いやな予感に襲われた。

先頭にいた夫が急に立ち止まったのか、日香里の背中に頭をどんとぶつけたとき、夫の驚いたような声が聞こえた。

「へえ、思いきったリフォームだな」

「ほんとだ。パパ、よその家みたいだね」

部屋の手前で立ち止まったままの夫に歩み寄ってみると、どこの家かと思うくらい部屋の様子が変わっていた。

目の前にあるのは、まるで小さな体育館のようだった。

「へえ、広くなったもんだな」

夫が感心したように言う。

「縁側も押入れも取っ払って部屋に含めたからね」と葉子。

真新しいフローリングが張られた部屋は、驚くほど広々としていた。二部屋の和室をつなげて洋室に改造したらしい。真ん中には、細長いダイニングテーブルが置いてあり、既に仕出屋の弁当が並べられている。壁際には大きな薄型テレビが置いてあるだけで、そのほかの家具は見あたらない。義雄もアサ子もいなかった。

「パパ、段差も敷居もないよ、ほら」

日香里はバリアフリーというものに少し詳しくなっている。住宅会社のCMに出演したからだ。三世代が同居する家の孫娘の役どころだったが、祖母が車椅子に乗っている設定だった。

以前は確か……ここには様々な家具が置かれていたはずだ。伝統工芸品のような凝った彫刻が施された立派なサイドボードもあったし、茶ダンスもあれば、アサ子の嫁入り道具だという桐のタンスもあった。そして、折り畳み式のアイロン台が部屋の隅に立てかけてあり、雑誌が乱雑に突っ込まれたマガジンラックや大きな書棚もあり……そうそう、縁側には、たくさんの観葉植物と文机も置かれていたはずだ。

それなのに、今ではひとつも見あたらない。

「葉子姉さんも大変だったろう」

「そうよ。何が大変て、要らないものを捨てることよ。ひとつひとつに思い出があるでしょう。それにね、まだまだ使えるものに大金を払ってゴミ業者に引き取ってもらうのは気分的に嫌なものよ。滅入ったわ」

新しくした畳も捨てたのだろうか。確か、義雄の喜寿の祝いのとき、青々とした い草の匂いがしたはずだ。あれから一年も経っていないというのに、ずいぶんともったいないことをするものだ。戦前派は物を大切にするあまり、何もかも捨てられずに家に溜め込んでしまうものだ。そんな彼らが家具まで捨てるということは、どういう心境の変化だろう。

夫が部屋の隅々まで確かめるように歩き回っている。その背中を見つめながら考えた。義雄の喜寿の祝いをした時点では、洋室に改造するつもりはなかったはずだ。そうでなければ畳を新しくするはずがない。

高齢になってから生活スタイルを一新すると、慣れるのに時間がかかるのではないだろうか。しかし、足腰の弱った年寄りは、畳より椅子の方が動作が楽だというのを何かの雑誌で読んだことがある。

「お邪魔します」

玄関から賑やかな声がした。長姉一家が来たようだ。

ぞろぞろと部屋に入って来る。珠美、夫の吾郎、翔、舞、豪と続く。

「えっ、何これ、聞いてないわよ私。リフォームしたなんて」

珠美が非難の入り混じった驚きの声を上げる。

「あれっ、本当だ。どういうことですか？　僕たちに何の相談もなく」

吾郎が、長女の夫としての面目をつぶされたとでも言いたげに、眉間に皺を寄せた。

「高級マンションみたいにきれいになったね」

音大の声楽科に通っている舞が、部屋全体を見渡して、美しいソプラノで言う。

「舞ちゃん、久しぶり」

日香里は幼い頃から従姉の舞を慕っていたので、会えて嬉しそうだった。

「はい、みなさん、お集まりですね。それではそろそろ席に着いてください」

葉子が何ごとかと思うような厳粛な声を出す。

吾郎が当然のように上座の方へ向かおうとすると、葉子がそれを制した。「姉さん一家は、こっちに一列になって座ってください」

吾郎は憮然とした表情で、葉子が指差した席に仕方なくといった感じで腰を下ろした。その向かい側に早和子一家三人と葉子が腰かけた。ふと見ると、上座には椅子がない。どうしてだろう。

そのとき、音のする戸口の方を見て、みんな一斉に息を呑んだ。

そこに現われたのは、車椅子に座っている老婆と、それを押している義雄だった。その老婆がアサ子だとわかるまで、数秒かかった。

というのも、アサ子は地味な色合いのセーターを着ていて、髪も短く刈り上げていたからだ。今までは、いつ会っても、和服姿に見事な銀髪をきちんと結い上げた華のある人だっただけに、その衝撃は大きかった。

「お母さん、どうしたの？　歩けなくなったの？　骨折したの？」

珠美が矢継ぎ早に質問を浴びせながら、椅子を大きくガタンといわせて立ち上がり、車椅子に駆け寄った。

「おばあちゃん、大丈夫なの？」

祖父母に最も可愛がられて育った初孫の翔が、心配そうに祖母を見る。

「お袋、交通事故にでも遭ったのか？」

夫も驚いて立ち上がる。

違う。骨折なんかじゃない。交通事故でもない。

早和子にはわかった。

悪いのはタバコだ。

アサ子の鼻に挿入されている細い管は、車椅子の後ろに取りつけられた酸素ボンベにつながっている。確か、肺気腫という病気だ。

ショックだった。呆然とアサ子を見つめた。

「ねえ、お母さん、いったいどうしたのよ、大丈夫なの？　車に轢かれたの？」

珠美が泣きそうな声を出すが、アサ子は彼女を見つめるだけで口を開こうとしない。

「いったい、どういうこと？　お父さんも葉子も、どうして私に連絡してくれなかったのよ」

珠美は父親と妹を睨みつけながら言った。

「アサ子はお前を気遣って連絡させなかったんだよ。豪の受験が近づいているだろう。二浪はさせられないとお前が言っていたから、今が正念場だと言ってね。それに、パートにも出てるだろ。そんなお前にお母さんの面倒まで見させられないよ」

「連絡くらいしてくれてもいいじゃないの」

「そんなことしたら、お前はすぐに飛んでくるに決まってるさ。面倒見がいいんだから」

「いったいお母さんはどこが悪いの？　歩けないほど足が弱ってるの？」

珠美は母親のふくらはぎを、ジャージー素材のスラックスの上からこわごわといった感じで撫でた。

「アサ子は肺をやられてしまってね」

義雄の目に涙が膨れあがってきた。妻の車椅子をテーブルの上座につけると、義雄は向かいの席に座り、話し始めた。

「今日はアサ子の誕生日でね。七十二歳になったんだ。まあたまにはこうやって一堂に会するのも悪くないだろう。僕がこんなにぴんぴんしてるのに、タバコのせいでアサ子がこんなひどい目に遭ってしまって、本当に申し訳ないと思っている」

義雄は目が落ち窪んで、憔悴しきっている様子だった。

「どういうこと？　お父さんの副流煙のせい？　どうしてそんなのでお母さんが歩けなくなるのよ」

珠美が父親を責める。

「姉さん、落ち着いてよ。お母さんはね、肺がやられてるから、歩くだけでも息切れがひどいの。この前なんか呼吸困難に陥って救急車を呼んだのよ。ちゃんと酸素ボンベをつけていたのにね。だから、それからは用心して、車椅子で移動することにしてるの」

葉子が冷静な表情で説明する。

「悪いのは肺だったのか……お袋は足が悪いわけじゃないんだね」

夫が確かめるように言うと、アサ子がこくんとうなずいた。

「副流煙と言えば、私にも半分は責任があるのよ」

そう言いながら、葉子はタバコに火を点けた。それを見ていた義雄がそっとズボンのポケットからタバコを取り出す。早和子の夫も、父親と姉の動作に釣られるようにしてタバコに火を点けた。

「何やってんの。いい加減にしなさいよ、あんたたち！」

珠美が怒りで声を震わせる。みるみるうちに目から涙があふれ出てきて、「お母さんがかわいそうだとは思わないの！　今すぐタバコを消しなさい！」と金切り声を出した。

そのとき、アサ子が「珠美、違うのよ」と掠れた声を出した。そのあと葉子の方に向きなおり、やっと聞き取れるほどの小さな声で「早くしなさい」と言う。

「はいはい、わかってるわよ。みんな、よく聞いてね。これはお母さんが書いた手紙なの。みんなの前で読んでほしいって」

葉子はくわえタバコのまま、手紙を広げた。

『翔くん、舞ちゃん、豪くん、日香里ちゃん、よく聞いてください。

今日みんなに集まってもらったのは、私の惨めな姿を見てもらおうと思ったからです。特に四人のかわいい孫たちには、今日の私の姿を人生の悪いお手本として脳裡に焼きつけておいてもらいたかったのです。

私は、長年に亘りヘビースモーカーでした。隠れてタバコを吸っていたのです。たぶん、おじいちゃんよりもタバコの本数は多かったと思います。

一旦ニコチン中毒になったら、そこから脱け出すのは至難の業です。だから一本たりとも吸ってはいけませんよ。タバコを吸うと、最後には私のようになります。少し歩いただけで息切れし、生涯、酸素ボンベを手離すことができなくなるのです。とても不自由な生活よ。

でも、どうしてもタバコを吸いたいというのなら、私のようになる覚悟をした上でお吸いなさい。但し、堂々と吸うこと。隠れて吸うと本数が恐ろしく増えますから。

私はおじいちゃんが死んだら家の中で堂々とタバコが吸えると思っていました。そして、旅行にもどんどん出かけようと計画していました。それなのに、私の方が先に死ぬことになろうとは皮肉なものね。

やりたいことがあれば、すぐに実行なさい。人間はいつ死ぬかわかりませんからね。最後に、孫たちの反面教師として役に立てること、嬉しく思います』

葉子が読み上げている間、アサ子は孫四人を順々に見渡して、「わかったわね」というふうにうなずいてみせた。

「お母さんがタバコを吸ってたなんて、気づかなかったわ」

珠美が放心したような顔で言う。

「お父さんや姉さんほど鈍い人って珍しいよ。私なんて小学生の頃から気づいてたのに」

葉子が言うと、アサ子が驚いたように顔を上げた。

「やあね、何よ、お母さんまでびっくりした顔しちゃって。私が知らないとでも思ってたの？　匂いはするし、頻繁に席を外して寝室に閉じこもるし、部屋が煙くなるくらい香を焚いてるし、どの部屋にも業務用のどでかい空気清浄機があるし、もうおかしなことばかりだもの」

アサ子がヘビースモーカーだったとは……。

アサ子に対して強烈な親しみを覚えていた。しかし、残念なことに、もう長くはないだろう。

「お義母さんは、今はもうタバコを吸わずにいられるんですね」

非常識だと思いながらも、是非知っておきたかった。

「そんなの当たり前でしょう」

珠美がむっとした表情で言う。珠美は中毒の恐ろしさをわかっていない。

「本当は今でも吸いたくてたまらないのよ。でもね、苦しくて吸えないの」

アサ子がはあはあと息を切らしながら答えてくれた。

「お母さん、大丈夫?」

珠美が母親の背中をさすってやりながら、「ちょっとしゃべっただけでも、そんなに苦しいものなの?」と悲しそうな目で母親を見る。

「姉さん、たとえばこういうことよ。洗濯バサミで鼻をつまんで、ストローを口にくわえて息をするような感じ。階段なんてとてもじゃないけど上がれないよ」

葉子は他人ごとのように言ってから新しいタバコに火を点けた。

「医者によるとタバコのせいで血管はボロボロ、肺はスカスカなんだそうだ。こういう状態を歳をとったせいだと思っている人が世の中には多いらしい。タバコはなかなかやめられないものだけど、皮肉なことに、タバコに身体をしゃぶりつくされた晩年になって、吸いたくても吸えなくなるらしいよ。つまり、ようやくタバコから解放されるってわけだ。

「アサ子の次は俺の番だね、そろそろ」

義雄はそう言うと、また新しいタバコに火を点けた。

「あら、すてきだこと」

アサ子の掠れた小声が聞こえた。見ると、牡丹の大輪をかたどった練り切りを眺めている。目が合うと、微笑みを返してくれた。

牡丹にしておいてよかったと、実は胸を撫で下ろしていた。和菓子屋の店主には、長生きを象徴する鶴と亀の練り切りを勧められたのだった。迷った末に、アサ子の花好きを思い出し、牡丹に決めたのだ。

4

帰りに土佐文旦を持たされた。今までにも何度かもらったことがある。義雄の知人が高知県で果樹園を経営しているらしく、そこから毎年送られてくると聞いていた。

「立派な果物ね」

自宅に戻ってから、リビングのテーブルの上に文旦を置き、まじまじと眺めた。赤ん坊の頭ほどもある大きな果実は、まだ皮を剥いていないというのに、柑橘系のさわやかな香りをほんのりと漂わせている。果肉を傷つけないように、そっとナイフを差し込むと、香りが部屋中に広がった。

果肉は透き通った薄黄色で、まるで宝石のように美しい。ひと口食べてみると、甘酸っぱさが口中に広がった。この世の中にこれよりおいしいものがあるだろうかと思うほどだった。

「ねっ、日香里もおいしいと思うでしょ」

「まあね」

「あら、ずいぶん気のない返事ね。こんなおいしい果物食べたことないよ私」

「去年、農林水産大臣賞を受賞したって、おじいちゃん言ってたからね」

「だって、この香りときたらもう……今年はさらに品種改良されたんじゃないかな」

文旦の皮を鼻先にくっつけて、そのさわやかな香りに酔いしれた。

「お母さん、私は去年の方がおいしいと思うよ」

「俺もそう思う」

「去年の方が？　そう？」

問い返すと、夫も日香里も同時にうなずいた。

あっ。

文旦の味が変わったのではないのだ。

タバコをやめたことにより、味覚と嗅覚が、本来の敏感さを取り戻したのではないだろうか。

そう思い当たった途端、なんだか急に笑いが込み上げて来て、くっくっと笑い声が漏れてしまった。

「急に笑い出してどうしたの？　薄気味悪いよ、お母さん」

「だって……」

だってタバコをやめられて、嬉しくて嬉しくてしょうがないんだもん。

解説

門賀美央子（書評家）

本書を手に取った人は、『禁煙小説』というストレートなタイトルにまず目を惹かれたのではないかと思うのだが、いかがだろうか。今時の喫煙者にとって、「禁煙」は頭の痛い、しかし避けられそうにないテーマであるはずだ。

禁煙が社会的ムーブメントになって、すでに久しい。三十年ほど前には健康オタクの国アメリカのちょっとした流行として紹介されていた程度だったのが、またたく間に世界中に広まり、今や「喫煙は治療すべき病気」と見なされるようになったのだから、時流というのは恐ろしいものである。

我が国においても、厚生労働省が国をあげて喫煙問題に取り組んでいる。喫煙が喫煙者本人に与える害をこれでもかこれでもかと喧伝《けんでん》し、耳を貸さない人間には「副流煙」や「受動喫煙」という概念を持ちだして、「喫煙はあなた一人の健康を損ねるのではありませんよ。愛する家族、職場の同僚、さらには見知らぬ他人にまで危害を加える行為なのですよ」として良心を攻撃するという作戦に出ている。

二〇〇六年からは禁煙治療を保険内とし、禁煙外来という言葉もすっかり耳に馴染むようになった（保険適用には所定の基準を満たす必要はあるが）。財務省もたばこ税増税という形で援護射撃している。

とにかく、何をおいても禁煙させずにおらりょうか、といった感じだ。

世間的にも嫌煙権が基本的人権なみに幅を利かすようになり、一部の過激な嫌煙家にいたっては、喫煙者をテロリスト、公害の発生源のようなものとして扱う始末である。

そんな状況下、喫煙者が喫煙者のままでいるのは容易なことではない。

本書の主人公・岩崎早和子は、社会が発信する有形無形のプレッシャーに耐え切れず、常に禁煙を志しながらも失敗を繰り返している四十代のヘビースモーカーである。

彼女は喫煙の害は十分認識している。それどころか、タバコのせいで人としての品性を疑われているのではないか、ダメ社員と見なされて職を失うのではないかと、いささか被害妄想気味になっている。それでも、タバコを手放すことができない。

こうした気持ち、「わかるなあ」とため息をつきたくなる喫煙者も少なくないのではないだろうか。

だが、早和子の葛藤は、なかなか一通りではない。
会社では社屋外にある喫煙スペースで、めっきり減ったタバコ仲間と一服しながらも、駐車場の片隅で、灯油缶を取り囲む者は負け組だった。タバコをやめることすらできない意志薄弱な人間だった。会社中の笑いものだった。世間から軽蔑されて当然の者たちだった。

と激しく自己批判したり、一人娘である日香里の保護者会のあと、タバコ吸いたさにPTA会長から誘われたランチを断ったあとになって、

PTA会長から有意義な情報を得られない自分を、日香里にすまなく思う。母親として失格だと思う。情けなくて涙が出そうだった。

と一人落ち込んだり、精神的にかなり追い詰められているのだ。
世帯の稼ぎ手として会社勤めをしている早和子は、客観的に見ればごく普通のがんばっ

ている社会人であり、家庭人である。それなのに、彼女は「タバコをやめようとしてもやめられない自分」を必要以上に駄目な人間と考え、そのために「やめたい、でもやめられない」の堂々巡りに苦しんでいる。

だが、彼女が過剰なほど自分を駄目認定する理由もわからなくもない。早和子の一日は、完全にタバコベースで進んでいるのだ。

タバコを吸うせいで、朝は食欲がなくてコーヒーだけで済ませるから、昼食はドカ喰いする。仕事中、非喫煙者の上司や同僚の目を盗むようにして喫煙スペースに足を運び、そのたびに「悪く思われているのではないか」とくよくよ気に病む。人付き合いの範囲が狭くなる、入れる飲食店も制限される、夫の実家でいらぬ気を使うハメになる、被害妄想で見知らぬ他人にすら攻撃的になる。

これだけタバコに振り回されていれば、たしかにもはや単なる嗜好品とはいえないかもしれない。まるでタバコの操り人間である。

おそらく、非喫煙者にしてみれば、早和子の日常は滑稽でしかないだろう。彼女の思いつめる様子もオーバーに感じるかもしれない。だが、喫煙者（や元喫煙者）なら全く笑えないし、ヘビースモーカーともなれば身につまされるはずだ。

禁煙への思いが、なかば強迫神経症のようになっている早和子。

そんなある日、偶然、駅で痴漢を捕まえている姿を見かけた女性が、禁煙外来の名医であったことをテレビで知り、

「彼女の指導ならば、タバコがやめられるのではないか」

と一念発起、とうとう医学の力を借りてタバコ断ちに挑戦する決意を固める。さっそうとした女医の姿に頼りがいを感じたのだ。

今度こそ、今度こその思いで禁煙外来の門をたたく早和子。しかし、事態はそうそう彼女の思惑通りには進まず……。

読んでいてなにやら圧倒されてしまう早和子の苦悩っぷりは、実際に体験しないと書けないのではないか。そう思っていたら、やはり作者の垣谷美雨も元喫煙者だったそうである。本書は、垣谷が自らの禁煙体験をもとにして書き下ろした小説だったのだ。単行本は二〇〇八年、実業之日本社より『優しい悪魔』というタイトルで出されている。それが今回、加筆訂正の上、タイトルも『禁煙小説』と一新して文庫でお目見えとなった。

初出から三年、喫煙者をめぐる環境はさらに悪化し、昨年は大幅増税でタバコの値段が一気に一一〇円から一四〇円程度あがった。このあたりの事情も今回の改稿できっちり反映されている。また、エピソードが整理され、「早和子の禁煙奮闘記」により焦点をあてたことで、「たかが禁煙、されど禁煙」の悲喜劇が以前に増してダイレクトに伝わってく

るようになった。

ＪＴが毎年行なっている「全国たばこ喫煙者率調査」によると、二〇一一年八月時点の速報値で喫煙者は成人人口の二一・七パーセント。前年比マイナス二・二パーセント、人数にして二一六万人の人々が禁煙に成功した、ということになるのだそうである。

人生の起死回生をかけた早和子の禁煙は成功し、晴れて元喫煙者になれるのか、それとも二一・七パーセントの側に残るのか。結果は読んでのお楽しみだが、本格的に禁煙に取り組んで以降、刻々と変化する身体や気持ちの変化を事細かに書き綴る「禁煙日記」のリアリティは後半の読みどころになっている。

ところで、これを書いている私も元喫煙者だ。だから、読んでいて早和子の気持ちが痛いほどわかった……と言いたいところなのだが、実はそうでもない。なぜなら、私は思い立ったその日にさほど苦労もせず禁煙できたクチだからだ。早和子の基準でいえば「意志の強い、立派な人間」に該当する。

だからこそ、早和子には心から言ってあげたい。

禁煙が成功するしないと、人としての出来不出来には、なんの相関関係もありませんよ、と。

本作品は二〇〇八年六月、実業之日本社から単行本刊行された
『優しい悪魔』を改題し、加筆訂正しました。

双葉文庫

か-36-03

禁煙小説《きんえんしようせつ》

2011年12月18日　第1刷発行
2023年10月 4日　第7刷発行

【著者】
垣谷美雨《かきやみう》

【発行者】
箕浦克史
【発行所】
株式会社双葉社
〒162-8540 東京都新宿区東五軒町3番28号
［電話］03-5261-4818（営業部）　03-5261-4831（編集部）
www.futabasha.co.jp（双葉社の書籍・コミックが買えます）
【印刷所】
大日本印刷株式会社
【製本所】
大日本印刷株式会社
【カバー印刷】
株式会社久栄社
【DTP】
株式会社ビーワークス
【フォーマット・デザイン】
日下潤一

ISBN978-4-575-51475-9 C0193
Printed in Japan